KB121356

로크미디어가
유혹하는
재미있는 세상
ROK
MEDIA
로크미디어

하북팽가 검술천재

하북팽가 검술천재 14

2023년 4월 19일 초판 1쇄 인쇄
2023년 4월 24일 초판 1쇄 발행

지은이 이도훈
발행인 강준규

기획 이기헌 왕소현 박경무 강민구 조익현
책임편집 주현진
마케팅지원 이원선

발행처 (주)로크미디어
출판등록 2003년 3월 24일
주소 서울시 마포구 마포대로 45 일진빌딩 6층
Tel (02)3273-5135 **Fax** (02)3273-5134
홈페이지 rokmedia.com **E-mail** rokmedia@empas.com

값 9,000원

ISBN 979-11-408-0574-7 (14권)
ISBN 979-11-354-7650-1 04810 (세트)

이도훈 신무협 장편소설

14

하북팽가 검술천재

차례

전대 고수 7
생사논검 (1) 43
생사논검 (2) 93
바람과 함께 사라지다 167
용린검의 비밀 (1) 231
용린검의 비밀 (2) 255

전대 고수

제갈공영의 말에 제갈세가 식솔들을 감시하던 적들이 고개를 돌렸다.

그중 우두머리로 보이는 사내가 천천히 걸어 나왔다.

그의 목에는 전에는 못 보던 목걸이가 걸려 있었다.

하얀색에 군데군데 시뻘건 색이 칠해진 목걸이.

그것은 제갈세가 식솔들의 뼈를 뽑아 만든 것이었다.

눈을 빛내며 휘적휘적 걸어온 사내가 낮은 목소리를 흘렸다.

"제법이군. 그럼 내 수법이 뭔지도 알겠어. 일향지(一香指)를 알아보다니 역시 제갈세가답군."

"설마 네가 진짜 암왕이라는 것이냐? 이십 년 전에 죽은 것으로 알고 있는데, 어찌 네가……."

제갈공영이 눈을 크게 뜨며 묻자 사내가 피식 웃으며 말을 이었다.

"네가 제갈가의 가주라는 것이 좀 아쉽기도 해."

"그게 무슨 말이냐?"

"잘 생각해 봐. 내 사부님이 직접 나섰다면 너희가 그렇게 고통받지는 않았겠지. 안 그래?"

"……."

제갈공영은 그의 말에 눈매를 좁혔다.

그자의 말에 의하면 암왕과 관련이 있다는 것이다.

그것도 암왕의 제자.

암왕이 누구던가?

삼십 년 전 무림에 혈겁을 일으킨 자였다.

암왕 때문에 관과 무림의 불가침 규칙은 잠시나마 깨졌다.

다시 강호에 평화를 찾기에는 무려 삼 년이라는 기간이 걸렸다.

저자의 말대로 암왕의 일향지 덕분에 무림의 중소 문파가 두려움에 떨었다.

일향지는 검지 하나로 상대의 장기를 파내는 수법이다.

이 수법은 일향지에 당한 자가 고통을 느끼는 것이 아니라 도리어 쾌감을 느낀다는 점 때문에 유명해졌다. 기묘한 향기와 함께 말이다.

빠른 속도로 피가 마찰을 일으키며 공중에서 산화하여 나타나는 반응일 것이라 정파 쪽에서는 결론을 내렸다.

그 암왕을 처리한 것은 전대의 무림삼존.

그런데 분명 죽었다고 전해지던 암왕이 이리 살아 있었다니!

거기에 그가 키운 제자까지 눈앞에 있다는 것은 도무지 믿을 수가 없었다.

그때였다.

멀리서 철판을 손톱으로 긁는 소리가 들려왔다.

끼이익.

그 소리에 모두가 고개를 돌렸다.

귀에 거슬리는 소리가 점점 가까워지자 제갈공영은 등골이 서늘해짐을 느꼈다.

묘하게 엄습해 오는 불안감.

그는 그 불안감의 정체를 바로 알 수 있었다.

그것은 어둠 속에서 의자에 앉아 있는 백발노인이었다.

철판에 손톱을 긁는 듯한 소리는 의자에 달린 바퀴에서 나는 소리였다.

의자에 앉은 노인이 아무런 행동을 하지 않아도 바퀴는 귀에 거슬리는 소리를 내며 굴러갔다.

내공만으로 철로 된 바퀴를 굴린다라?

저것은 화경의 끝에서나 보일 수 있는 경지였다.

제갈공영은 자신도 모르게 눈가를 파르르 떨었다.

저 정도의 무위라면 사천당가에 있는 누가 오든 상대할 수가 없었다.

이곳을 찾아오는 즉시 한 줌 핏물로 변할지도 모르는 일이었다.

노인이 드디어 모습을 드러냈다.

검은 옷에 거무튀튀한 얼굴.

잘 정돈된 백발은 눈에 확 띄었다.

나이대로 봐서 암왕일 수도 있었다.

저자를 죽였다는 전대 무림삼존도 모두 세상을 떠났는데, 죽었다고 알려진 암왕이 모습을 드러내다니!

제갈공영은 자신도 모르게 어깨를 가늘게 떨었다.

갈비뼈가 뽑히면서도 내비치지 않았던 두려움이 밀려들었다.

철 바퀴가 달린 의자가 멈췄다.

끼이익.

동시에 복면인들이 그에게 오체투지를 한다.

"암제를 뵙습니다."

"사부님을 뵙습니다."

그들의 행동은 자연스러웠다. 하지만 제갈공영의 눈은 더욱 떨렸다.

오체투지와 암제라는 단어는 반역을 뜻하기 때문이다.

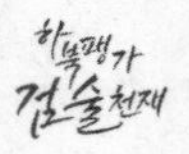

거기에 저런 행동을 스스럼없이 한다는 것은 이곳에 있는 제갈세가의 식솔을 한 명도 살려 보낼 생각이 없다는 뜻이었다.

제갈공영이 한 발 앞으로 나갔다.

"그대가 전대 고수인 암왕이오?"

그의 물음에 복면인 중 수장이 암제 대신 대답했다.

"무례하구나. 사부님께 질문을 던지다니!"

"괜찮다, 괴아야."

암제라 불린 사내가 손을 휘휘 내저었다.

동시에 복면인의 수장이 옆으로 쓱 비켜났다.

복면인이 움직인 것이 아닌, 암제가 허공섭물로 그를 밀어낸 것이다.

다시 철 바퀴가 굴렀다.

끼이-익!

눈 깜짝할 사이에 암제가 앉은 의자가 제갈공영의 코앞에 멈췄다.

제갈공영은 순간 입을 열 수 없었다.

그의 주변에서 무형지기가 슬며시 흘러나왔기 때문이다.

그 기운이 눈에 보인다면 아마도 핏빛일 것이었다.

아니, 지금도 그의 주변에서 피어나는 수많은 붉은 꽃이 보인다.

뒤쪽에 있던 다른 식솔들은 다리에 힘이 풀렸는지 털썩 주저앉는다.

그와 마주 보고 서 있는 제갈공영의 무위가 어찌 보면 대단한 것일 수도 있었다.

공간을 순식간에 장악해 버린 암제가 입을 열었다.

"나에게 할 말이 있는가?"

"흠……."

제갈공영은 말을 할 수 없었다.

그때 그의 눈에 뒤편에 있는 복면인들이 들어왔다.

그런데 그들은 아무렇지 않게 암제를 호위하듯 서 있었다.

단순히 기세를 피워 공간을 장악하는 것이 아니라 간격까지 조절하는 것이 분명했다.

암제가 다시 말을 이었다.

"내가 너무 겁을 줬나 보군."

그 말이 끝나자 제갈공영의 몸을 감쌌던 기세가 사라졌다.

"후, 호의에 감사드리오."

"오호. 역시 제갈세가야. 이래야 재미있지."

"당신이 정말 암왕이 맞소?"

"암왕이라. 오랜만에 들어 보는군……."

암제가 눈을 가늘게 떴다.

그 눈빛 사이로 헤아릴 수 없을 만큼 복잡한 감정이 흘러나왔다.

그 감정만으로 제갈공영은 움찔하며 뒤로 물러났다.

암제는 아무렇지 않게 감정을 갈무리하며 말을 이었다.

"옛날의 왕이 언제까지 왕일 수는 없지 않은가? 언젠가는 황제로 올라서야지 이치에 맞는 법이지."

"……."

"내 옛날이야기를 하나 들려주지."

"……."

"아주 오래전 이야기라서 잘 기억도 안 나는군. 그러니까……."

그는 고저 없는 목소리로 말을 이었다.

그의 말에 제갈공영은 눈을 크게 떴다.

그것은 황실과 관련된 이야기였다.

그 이야기는 삼십오 년 전으로 거슬러 올라간다.

그 당시 태자는 학문뿐 아니라 무공도 출중했다고 한다.

그 태자는 뛰어난 무공 덕분에 강호의 무림명숙과 많은 연을 맺었다.

그래서 젊은 태자는 강호오룡 중 하나로 추앙받기도 했다.

그와 연을 맺게 된 문파들은 태자가 즉위할 때를 내심 기다리고 있었다.

그때 황실에서 사건이 벌어졌다고 한다.

태자가 역모에 얽혔다는 황당한 사건에, 황실은 발칵 뒤집혔다.

태자 자리를 내놓는 것으로 마무리되었지만, 황실을 빠져나온 태자는 자신을 모략한 이들을 용서할 수 없었다.

태자는 강호에 숨어들어 절치부심했다고 한다.

여기까지 이야기를 했을 때 제갈공영이 끼어들었다.

"혹시 그 태자가 당신이오?"

"생각하던 그대로일세."

"그럼 당신이 무림오룡 중 황룡이란 말이오?"

"그렇게 불렸던 때도 있었지."

"그런데 왜 강호를 그렇게 뒤집어 놨단 말이오?"

"사실 강호를 뒤집어 놓은 것은 내가 아닐세."

"그럼 삼십 년 전의 일도 그렇고 오늘도 그렇고 이게 정당하다는 겁니까?"

제갈공영이 꾸짖듯 물었다.

암제는 아무렇지 않게 피식 웃더니 말을 이었다.

"무림의 문파와 세가 들은 내 사정을 듣고는 나를 돕겠다고 나서더군."

"그럼 역모라도 벌였다는 이야기란 말입니까?"

"정답일세."

"허……."

제갈공영은 말을 잇지 못했다.

그 모습에 암제의 입꼬리가 더욱 올라갔다.

한참 동안 조용히 제갈공영을 응시하던 암제가 다시 말을 이었다.

"그런데 인면수심이라고……."

이어지는 말에 제갈공영은 눈을 크게 떴다.

암제의 입에서 흘러나오는 이야기는 대대로 정의맹의 총군사직을 수행했던 제갈세가에서도 알지 못하는 이야기였다.

그들은 암왕이라는 별호로 태자를 부르며 황권을 되찾기 위해 은밀하게 움직였다고 한다.

문제는 그러던 중 대다수의 문파와 세가 들이 등을 돌렸다는 것이다.

그것이 회유였는지 아니면 자신들의 이익 때문인지는 몰라도 암왕을 촉산의 천 길 낭떠러지 밑으로 떨어뜨렸다는 것이다.

암제는 거기에서 말을 멈췄다.

그러고는 제갈공영을 바라봤다.

"표정을 보아하니 정말 모르는 일인 듯싶군."

"처음 들어 보오."

"날 배신했던 문파와 세가를 움직인 것이 누군지 아는가?"

"설마……."

"그 설마가 맞을 걸세. 거대한 세력을 움직일 수 있는 두뇌는 하나밖에 없네. 바로 제갈세가였지."

"음."

"지금 들어온 정보에 따르면 자네 동생이 내 말에 충실히 따른 것 같군. 그러니 나도 약속을 지켜야지."

"그럼 우릴 풀어 주겠다는 말이오?"

"당연히 풀어 줘야지."

말을 마친 암제가 뒤쪽을 바라봤다.

"괴아야, 그들을 풀어 주어라."

"네, 사부님."

말을 마친 괴아라 불린 복면인이 제갈공영 쪽으로 걸어갔다.

그러더니 제갈공영을 향해 손을 내뻗었다.

순간 제갈공영은 눈을 질끈 감았다.

저들이 진짜 자신을 풀어 주리라 생각하지는 않았다.

암제가 풀어 주라는 것은 반어법이 분명했다.

하지만 생각과는 달리 그의 손가락이 견정혈을 누르자 상체가 자유롭게 움직였다.

다리는 멀쩡하지만 팔이 자유롭게 움직이지 않았던 상태였다.

어찌 보면 상체만 굳어 있던 상태.

그때 괴아가 수하들에게 소리쳤다.

"너희는 제갈세가의 식솔들을 풀어 줘라!"

"네, 알겠습니다."

수하들은 제갈세가의 사람들 사이를 누비며 그들의 혈도

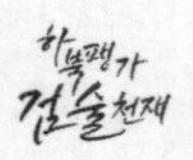

를 풀어 줬다.

순간 부자연스러웠던 제갈세가 식솔들의 움직임이 돌아왔다.

이제는 자연스럽게 걷고 상체를 움직일 수 있게 된 것이다.

그때 암제가 말했다.

"안 가고들 뭐 하는가?"

그 목소리에 이제까지 공포에 질렸던 제갈공영이 눈을 가늘게 떴다.

이렇게 살려 줄 리는 없는 일.

분명 문밖을 나가면 누군가 목을 내려칠지도 모르는 일이었다.

게다가 지금은 산공독에 당해서 무공도 쓸 수 없는 상태.

그는 과연 여기에 남아야 하나, 암제의 말대로 떠나야 하나를 고민하고 있었다.

그때 제갈세가의 무사 몇이 슬금슬금 가까운 문을 향해 움직였다.

그때 뒤쪽에 있던 암제가 말을 이었다.

"괴아야, 복면이 답답하지 않으냐? 이제 벗어도 될 것 같다."

"알겠습니다, 사부님."

말을 마친 괴아가 복면을 벗었다.

괴아의 얼굴이 드러났다.

순간 제갈공영은 입을 크게 벌렸다.

마치 헝겊을 덕지덕지 붙인 듯한 피부와, 반은 백발인데 반은 흑발인 기괴한 머리카락.

마치 여러 명의 얼굴을 이어 붙인 듯한 기괴한 형상을 하고 있었다.

제갈공영은 왜 그가 괴아라 불리는지를 알 것 같았다.

놀람도 잠시, 제갈공영은 식솔들에게 외쳤다.

얼굴을 보였다는 것은 여기서 한 발짝도 내보내기 싫다는 말이나 다름없었다.

"모두 움직이지 마라!"

그때 문을 향해 다가가던 제갈세가 무사 둘이 뛰었다.

그러더니 문을 빠져나갔다.

서걱!

문을 빠져나간 것은 그들의 몸 반쪽이였다.

문을 통과하는 즉시 개작두보다 더 날카로운 기관 장치가 그들을 반으로 가른 것이다.

순간 제갈세가 식솔들이 비명을 질렀다.

"악!"

"저게 뭐지?"

그들의 비명을 즐기는 듯 암제가 말을 이었다.

"밖에서 들어오는 자들이 있다면 저런 꼴이 되겠지……."

"보내 준다고 하지 않았소?"

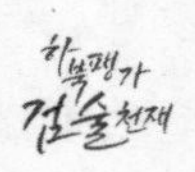

"가는 건 너희 마음인데, 나는 낚시를 좀 즐겨야겠네."

"낚시라니, 그게 무슨 말이오?"

"가주의 동생이 과연 사람을 보내지 않았을까? 가만히 약속만 지킨다면 그건 제갈세가가 아니겠지? 그리고 내가 자네들로 만족할 것 같나? 오늘 제갈세가라는 이름을 강호에서 지울 것이니 그리 알게."

"……."

"참, 잘못 말했군. 제갈세가란 이름은 더욱 빛날지도 모르지. 우리 아이들이 그 자리를 차지할 테니."

암제가 괴아의 수하들을 가리켰다.

순간 제갈공영의 눈이 커졌다.

벗겨진 복면 속 드러난 얼굴은 다름 아닌 자신의 둘째 아들 제갈명과 셋째 아들 제갈수의 얼굴이었다.

그것뿐이 아니었다. 그들 중에는 자신의 호위까지 있었다.

물론 자신의 진짜 호위는 바로 뒤에 있지만.

"대체 이게 무슨 일이란……."

제갈공영의 말이 끝나기도 전에 암제가 너털웃음을 터뜨렸다.

"하. 하. 하."

실내가 쩌렁쩌렁 울렸다.

살기 가득한 그의 웃음소리가 벽에 반사되어 고막을 찢을 듯 파고 들어왔다.

순간 제갈공영은 주위를 바라봤다.

자신이 있는 곳이 지하임을 알게 된 것이다.

창문만 없다뿐이지 여느 창고와 똑같아서 지상에 있는 줄 알았더니 지하라니!

제갈공영은 드디어 암제의 진정한 뜻을 알았다.

이곳이 지하라는 것은 완벽하게 일을 처리하려는 의도였다.

제갈공영은 그 치밀함에 치를 떨었다.

또한 제갈세가의 식솔들과 똑같이 변장한 그들의 정성에 다시 한번 놀라야 했다.

저들의 의도는 간단했다.

여기 있는 제갈세가 식솔들이 모두 사라진다면?

분명 저들이 그 자리를 차지할 것이다.

그렇다면 이건 단순히 제갈세가와 원한을 풀기 위함이 아니었다.

만약 다른 가문도 그렇다면?

제갈공영은 어깨를 가늘게 떨었다.

그 모습에 암제가 입을 열었다.

"하하, 이제야 감이 잡히나 보군."

"그럼 저들 중에는 내 얼굴도 있겠군."

"제갈세가의 머리에서 나오는 추리치고는 좀 실망스럽군. 네가 실권을 잡고 있다면 후계자를 정하는 데 애를 먹겠지."

"……."

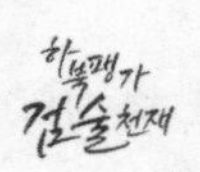

제갈공영은 아무 말 없이 그의 입술만을 바라봤다.

슬며시 웃음 짓는 암제의 입술이 다시 열렸다.

"착각하지는 말게. 제갈세가에서 애먹는다는 얘기가 아니라 우리가 애먹는다는 얘기일세. 그래서 한 번에 쓸어버리려고 이렇게 낚싯대를 드리우고 있는 게 아닌가?"

"음."

제갈공영은 낚시라는 뜻을 정확히 깨달았다.

"그러지 않아도 물고기 두 마리가 이곳으로 헤엄쳐 오고 있다고 막 소식이 왔더군."

암제는 오른손에 들고 있던 쪽지를 흔들었다.

"……."

"물고기 두 마리와 나머지 피라미들이 도착하는 대로 남은 인원도 편안히 보내 주지."

"이런 미친놈!"

"고맙네. 원수의 자식에게 듣는 욕은 칭찬이지. 하하."

다시 암제의 웃음소리가 쩌렁쩌렁 울렸다.

한편, 지하 수로를 통과하고 있는 한빈은 갈림길을 맞닥뜨렸다.

양쪽을 바라보던 한빈은 조용히 눈을 감았다.

그러고는 한쪽을 바라봤다.

막 한빈이 그쪽으로 향하려 할 때였다.

제갈공려가 다급히 물었다.

"그쪽으로 가는 이유를 물어봐도 되겠는가?"

"음, 그게……."

한빈이 살짝 말끝을 흐리자 제갈공려의 눈빛이 더욱 깊어졌다.

"혹시 기감에 의존해서 선택한 것인가? 그렇다면 잠시만 기다리게. 내가 진법이나 기관에 대해서는 자네보다 나을 테니 살펴보도록 하지."

"기감에 기대는 것만은 아닙니다."

물론 한빈의 말은 사실이었다.

기감이 아니라 후각에 기대어 인도하는 것이니까!

제갈공려가 걱정스러운 눈빛으로 다시 물었다.

"그럼 대답 못 하는 이유가 뭔가?"

"영업 비밀입니다."

"앗, 비밀……."

제갈공려가 한빈을 보며 눈을 동그랗게 떴다.

한빈은 그 눈빛에도 아랑곳하지 않고 고른 길로 나아갔다.

사실 이유는 간단했다.

비둘기에 달려 있던 전서 통은 제법 좋은 물건이었다.

불에 타지 않는 대나무인 천년죽을 사용한 전서 통이었다.

그런 전서 통을 일회용으로 쓸 일은 없을 터.

분명히 답신을 할 때도 그 전서 통을 쓰리라 생각한 것이다.

그래서 한빈은 전서 통의 안쪽과 바깥쪽에 모두 천리추종향을 발라 놨다.

아니나 다를까, 상대는 한빈의 예상대로 그 전서 통에 전서를 넣어 답신했다.

그 증거가 바로 통로 사이에서 흘러나오는 추종향이었다.

덕분에 일이 한결 수월해졌다.

수로가 제법 복잡했기에 추종향의 효과는 더욱 빛났다.

앞서가는 한빈을 본 제갈공려는 마른침을 삼켰다.

왠지 기관진식에서 제갈세가가 하북팽가에게 뒤처진다는 생각이 들어서였다.

이건 말도 되지 않은 상황이었다.

평소라면 자신이 앞서 나가며 통로를 살펴야 했다.

이런 통로라면 팔괘와 오행의 원리가 반드시 들어가게 되어 있으니.

그런 오행과 팔괘를 이용해서 진법을 만들던 것이 바로 제갈세가였다.

대충 지나오니 통로가 어떤 식으로 만들어졌는지 알 수 있을 것 같았다.

이제까지 한빈이 안내한 길 중에 틀린 길은 하나도 없었다.

정답을 이미 봤기에 풀이와 이해가 쉬웠을 뿐.

마치 누군가 수로로 들어오면 내보내지 않겠다는 듯 길을 꼭꼭 숨기고 있는 것만 같았다.

문제는 그런 한빈이 기감에만 의존해서 안내한다는 것이었다.

아무래도 한빈을 도와줘야겠다고 생각한 제갈공려가 나지막이 외쳤다.

"잠시만, 기다리게!"

"왜 그러십니까?"

"아무래도 보통 수로가 아닌 듯싶군."

"보통 수로가 아닌 건 들어오면서부터 알았습니다. 잘 보십시오. 이렇게 정리가 잘된 수로가 어디 있겠습니까? 그리고 저들이 상주해 있는지 가끔 오는지는 몰라도, 제갈세가의 식솔을 납치할 정도의 규모라면 여기에 물이 흘러나오지 않을 수가 있겠습니까?"

"그럼 오행과 팔괘에 의해 만들어진 통로라는 것도 알고 있나?"

"대충은요."

"흠, 알고 있었다니 안심이네."

"그럼 계속 가시지요."

한빈은 씩 웃으며 앞으로 나아갔다.

그 뒷모습을 본 제갈공려는 자신도 모르게 고개를 끄덕였다.

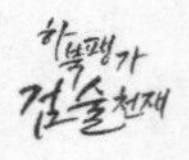

한빈의 얘기를 들어 보니 기감에만 의존해서 생로를 찾는 것이 아닌 것 같아서였다.

왠지 무림 말학인 하북팽가 사 공자의 등이 지금은 태산처럼 크게 보였다.

한빈은 조그만 방에 들어서자 걸음을 멈췄다.

그러고는 주변을 둘러봤다.

향기가 이곳을 가리키기는 하지만 길이 더는 보이지 않았다.

한빈은 눈을 감고 조용히 추종향에 더 집중했다.

한참을 생각하던 한빈이 고개를 올려 천장을 바라봤다.

천장에는 주먹만 한 구멍이 있었다.

조금 더 집중하니 그 구멍 사이로 빛이 흘러나왔다.

아무래도 이곳은 적들의 수뇌부가 있던 방의 아래인 것 같았다.

그렇다면 이 방의 존재는 적들도 모를 가능성이 있었다.

아직까지는 들키지 않고 은밀하게 침투할 수 있다는 의미.

한빈은 주위의 벽을 조심스럽게 더듬었다.

대충 이 방의 구조를 보면 누군가가 만들어 놓은 은신처가 분명했다.

또한 수로도 밖에서 이곳으로 들어오기 위한 것이 아닌, 외부로 피신하기 위한 것이 분명하고 말이다.

그렇다면 위쪽과 이어지는 장치가 있을 것이다.

그때였다.

설화가 코를 씰룩이더니 고개를 갸웃한다.

강아지처럼 벽 쪽에 코를 갖다 대고 킁킁대며 살피는 설화의 모습에, 한빈이 말했다.

“어떤 기관 장치가 있을지 모르니 조심해.”

“네, 공자님. 그런데 이쪽에서 음식 냄새가 나요.”

“음식이라고?”

한빈이 눈을 가늘게 뜨며 설화가 가리키는 곳으로 달려갔다.

설화가 가리킨 곳은 아무 표시도 되어 있지 않은 벽이었다.

한빈도 냄새에 집중해 봤다.

신체의 모든 감각을 코에 집중하자, 설화의 말대로 음식 냄새가 났다.

그 음식이란 벽곡단이었다.

벽곡단 특유의 곡물 말린 냄새가 살짝 벽에서 흘러나왔다.

평소라면 한빈이 저 냄새를 못 맡았을 리 없지만, 지금은 천리추종향에만 온 감각을 집중했던 터라 놓친 것이다.

설화가 한빈이 놓친 것을 찾아냈으니, 훌륭하다 할 수 있었다.

설화가 마치 칭찬을 기다리는 강아지의 눈으로 한빈을 바라봤다.

한빈은 설화의 머리를 쓰다듬었다.

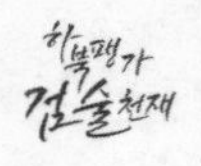

"잘했다. 일 년 치 간식은 내가 보장하지."

"정말이죠?"

"당연하지. 계약서라도 써 줄까?"

"계약서는 사양이에요."

"그럼 나는 마저 이곳을 살필 테니 조금 물러나 있어라."

한빈은 조용히 벽을 바라봤다.

벽을 바라보던 한빈은 조심스럽게 이곳저곳을 두드렸다.

기관 장치가 있을지 몰라 조심하는 것이다.

만약에 함부로 이곳을 뚫었다가 기관 장치에 연결되어 있는 줄이라도 끊게 된다면 낭패였으니까.

한참을 살피던 한빈이 동작을 멈추었다.

"설화야, 일단 물러나 있어라."

"네, 공자님."

말을 마친 설화는 조용히 뒤쪽으로 빠져서 나머지 사람들을 몇 발짝씩 뒤로 물렸다.

한빈은 벽을 바라보며 용린검법의 초식 중 하나를 떠올렸다.

'진룡무영수(眞龍無影手).'

한빈이 가진 용린검법의 초식 중 가장 은밀한 초식.

효과적인 침투를 위해서 필요한 것은 바로 이것이었다.

초식을 떠올리자 용린의 기운이 말초신경에서부터 서서히 살아나기 시작했다.

사사―삭.

노도처럼 밀려드는 용린의 기운이 단전으로 모인다.

단전으로 모인 기운이 혈맥을 따라 흐르기 시작했다.

혈맥을 통해서 달리기에는 그 기운의 양이 많았다.

근육 가닥가닥을 따라 남은 기운이 휘몰아쳤다.

기운은 심장에서 다시 한번 정제되었다.

이전 기운이 태양이라면 심장을 지난 기운은 달빛, 아니 달빛에 비친 그림자처럼 은밀했다.

그 은밀한 기운이 한빈의 쌍장에 모였다.

점점 커지는 기운.

드디어 한빈의 손에 은밀한 기운이 모였다.

단전과 심장을 지나 기운이 모이기까지 걸린 시간이라고 해 봤자 눈 깜짝할 사이.

무게가 느껴지지 않는, 있는지 없는지도 모르는 진룡무영수의 기운!

그런 한빈을 바라보는 현문은 고개를 갸웃했다.

현문이 한빈의 무위를 직접 본 적은 없었다.

다만, 한빈의 행동과 경신술을 통해 그 경지를 추측했을 뿐이었다.

한빈이 뒤로 물러나라 했을 때는 어느 정도의 기대감을 가지고 지켜보고 있었다.

그런데 한빈에게는 어떤 기운도 느껴지지 않았다.

마치 은신술을 쓰고 있는 듯 이전에 있던 기운마저도 느껴지지 않았다.

대체 무엇을 하려는 것일까?

자세만 본다면 저 벽이라도 박살 내려는 것이 분명했다.

그런데 어떤 기운도 느껴지지 않았다.

현문이 고개를 갸웃하고 있을 때였다.

한빈의 근처에서 산들바람이 일었다.

그게 전부였다.

그 산들바람은 인위적인 것이 아니었다.

통로에서 불어오는 일반적인 바람과 구별할 수도 없었다.

한빈은 모든 일이 끝났다는 듯 한숨을 내쉬었다.

"휴."

그 한숨 소리에 현문이 조심스럽게 한빈에게 다가갔다.

"팽 공자, 대체 지금 무엇을 한 겐가?"

"벽을 뚫었습니다."

"잘 보게. 벽은 그대로가 아닌가?"

현문은 눈을 가늘게 뜨고 벽과 한빈을 번갈아 보다가 뒤쪽을 힐끔 봤다.

제갈공려도 무슨 일인지 모르겠다는 듯 고개만 갸웃하고 있었다.

그때 한빈이 진각을 밟았다.

쿵!

그리 크지 않은 소리가 울렸다.

순간 모두는 눈을 크게 떴다.

이전까지 있던 벽이 모두 사라졌기 때문이었다.

그 놀라움은 바로 호기심으로 바뀌었다.

벽이 사라지자 뒤쪽에서 다른 공간이 나타났기 때문이다.

그곳은 누군가의 수련실로 보였다.

한빈은 조심스럽게 그 공간 안으로 걸어갔다.

몇 번을 돌며 공간을 확인한 한빈이 모두에게 손짓했다.

"다들 오시죠."

한빈의 손짓에 제갈공려가 공간 안으로 뛰어 들어갔다.

그 뒤를 따라 설화와 현문도 들어갔다.

한빈은 그들은 신경 쓰지도 않고 조용히 벽곡단이 쌓여 있는 항아리 쪽으로 걸어갔다.

벽곡단을 꺼내어 살펴본 한빈이 말했다.

"아무래도 여기부터는 조심해야 할 듯싶습니다."

"벽곡단에 독이라도 있다는 것인가?"

한빈의 옆에 붙은 현문이 물었다.

"그게 아니라 벽곡단에 미세한 수분이 남아 있습니다. 이 벽곡단이 만들어진 지 삼 일이 안 되었다는 이야기지요."

"아, 그렇겠군."

현문은 고개를 끄덕였다.

벽곡단을 뭉칠 때는 일정한 수분이 남게 된다.

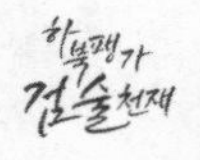

그 수분은 십 일 정도가 지나야 완벽하게 없어진다.

현문이 지금 놀란 것은 한빈이 그 수분의 양을 벽곡단을 몇 번 만져 보는 것만으로 파악했다는 것이다.

저건 보통 무사가 아닌, 추적을 전문적으로 하는 정의맹의 특위대 무사들이나 가능한 일이다.

의미심장한 눈빛으로 고개를 끄덕이던 현문이 입을 벌렸다.

그제야 벽이 가루처럼 사라진 것이 떠오른 것이다.

진각 한 번에 벽이 사라졌을 때도 놀랐지만, 이곳으로 넘어오며 잠시 잊었었다.

대체 하북팽가는 이런 괴물을 어떻게 만들어 낸 것일까?

현문은 고개를 흔들었다.

이건 하북팽가의 작품일 수 없었다.

분명 정의맹에서 만든 비밀 병기임이 분명했다.

그때 한빈이 말을 이었다.

"그렇다면 이곳은 적들이 사용하는 장소라는 이야기입니다. 그러니 지금부터는 최대한 기척을 죽여야 합니다."

잠시 후.

한빈은 별 어려움 없이 천리추종향이 가리키는 곳에 도착했다.

점점 강해지는 추종향.

그 추종향과 함께 짙은 혈향이 함께 풍겨 왔다.

한빈은 모두에게 손을 들었다.
순간 뒤쪽에서 따라오던 일행은 재빨리 동작을 멈췄다.
모두가 한빈 쪽으로 모였다.
현문이 다급하게 한빈의 옆으로 붙었다.
"이제 다 온 것인가?"
"저길 보시죠."
한빈은 검지로 통로의 끝을 가리켰다.
현문이 안력을 돋워 한빈이 가리키는 곳을 바라봤다.
"오, 저기 끝이 보이는군."
말을 마친 현문이 그곳을 발걸음을 떼려 하자 한빈이 그의 소매를 잡았다.
"잠시만 기다리시지요."
"일단 기척을 숨기고 가는 편이……."
현문은 말을 맺지 못했다.
통로의 끝에서 반짝이는 칼날을 보았기 때문이다.
번쩍.
한 줄기 섬광처럼 뻗은 칼날은 뭔가를 가르고 제자리로 돌아갔다.
서-걱!
동시에 짙은 혈향이 풍겨 나온다.
현문은 그것이 무엇인지 분명히 보았다.
사람을 토막 내는 거대한 칼날.

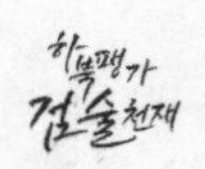

속도가 얼마나 빠른지 반 토막 난 사람은 비명도 지르지 못한 것이다.

현문이 입을 벌렸다.

저 칼날을 막는다고 해도 소란은 피할 수 없을 것이 분명했다.

잘못하면 여기까지 기척을 숨기고 들어온 것이 모두 수포로 돌아간다.

현문이 낮은 목소리로 혼잣말을 뱉었다.

"아직 수행이 얕구나, 얕아. 득어망전이라……."

도호를 외치듯 눈빛을 갈무리하는 현문의 모습에 제갈공려는 눈을 가늘게 떴다.

시시때때로 외치는 현문의 말에 호기심이 절로 동했다.

이번 일이 끝난다면 반드시 물어봐야겠다고 결심했다.

그때 한빈이 설화를 바라봤다.

그 눈빛만으로 설화가 다리에 찬 우혈랑검을 꺼냈다.

한빈도 품에서 좌혈랑검을 꺼냈다.

둘이 통로 앞에 서자, 제갈공려와 현문은 자연스럽게 뒤쪽으로 물러났다.

뒤쪽에 선 제갈공려는 고개를 갸웃했다.

한빈과 설화가 눈빛만으로 대화하는 것이 신기했다.

제갈공려의 시선은 아랑곳하지 않고 한빈이 바닥을 가리켰다.

한빈의 손짓에 설화가 고개를 갸웃했다.

그 모습에, 한빈은 품에서 가죽 주머니 하나를 꺼냈다.

그러고는 가죽 주머니에 손을 집어넣어 무언가를 한 움큼 꺼냈다.

한빈은 손바닥을 펼치고는 조용히 입김을 불었다.

그 입김에 손 위에 있는 가루들이 사방으로 흩날렸다.

그 가루는 한빈의 입김이 산들바람이라도 되는 것처럼 통로를 자연스럽게 스치고 지나갔다.

뒤쪽에 있던 현문이 눈을 크게 떴다.

"허허, 저런 솜씨라니……."

"놀라운 것은 팽 공자의 저 한 수가 아니에요."

제갈공려가 맞받아쳤다.

"자세히 보시오. 저 한 수에 얼마나 싶은 뜻이 숨겨져 있는지를 말이오. 지금 저 입김 한 번에 가루를 끝까지 보냈다는 것은 공간을 장악하고 있다는 말이오. 그게 놀랍지 않다는 말이오?"

"그런 수법이야 연습만 하면 할 수도 있죠."

"그럼 무엇이 놀랍단 말이오?"

"저 가루가 무엇인가 하는 거죠."

"그것이 왜 놀랍단 말이오?"

현문이 고개를 갸웃하자 제갈공려가 통로를 가리키며 말을 이었다.

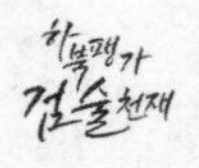

"저 가루의 정체를 아시나요?"

"저렇게 뿌릴 정도면 저잣거리에서 파는 곡물 가루가 아니겠소?"

"저건 발광버섯을 빻아서 만든 가루예요."

"발광버섯이라면……."

"발광버섯이란 놈은 백 년이 지나면 스스로 빛을 내죠. 문제는 그 버섯의 가격이죠."

"얼마나 되길래 그렇게 놀란단 말이오?"

"저 정도 양의 가루라면……. 족히 발광버섯 한 근은 빻아서 만들었을 테니……. 대충 계산해 봐도 우리가 들어온 이 저택 정도는 살 수 있어요."

말을 마친 제갈공려의 눈빛이 깊어졌다.

처음에는 제갈세가를 뜯어먹으려는 지나가는 승냥이인 줄 알았다.

그런데 제갈세가를 위해서 저렇게 귀한 물건을 쓴다는 것이 이해가 안 되었다.

뒤쪽에서 대화를 듣던 설화가 작은 목소리로 물었다.

"공자님, 저 얘기가 진짜예요?"

"……."

한빈은 그 물음에 말없이 설화를 바라봤다.

그 눈빛에 설화의 눈이 커졌다.

한빈이 남을 위해서 이렇게 막대한 자금을 쏟아부었다는

것이 이상했던 것이다.

사실 조금 걱정도 되었다.

심경에 변화가 생겼다는 것은 어찌 보면 좋은 일이 아니었다.

그런 말도 있지 않은가?

죽을 때가 되면 마음이 변한다고 말이다.

설화는 상상도 하기 싫은 가정에 고개를 저었다.

그때 한빈이 입 모양으로 말했다.

"무슨 헛소리야. 이건 천수장의 무를 갈아 만든 거다."

"아!"

설화는 입 모양으로 탄성을 터뜨렸다.

역시 제갈가를 위해 막대한 자금을 쓸 위인은 아니었다.

그게 오히려 설화의 마음을 놓이게 했다.

사람이라는 건 한결같아야 오래 사는 법이니까.

그때 한빈이 검지로 어딘가를 가리켰다.

한빈이 가리킨 검지는 바닥을 향했다.

그것도 잠시, 한빈은 검지로 선을 그어 보였다.

한빈의 검지를 따라 시선을 옮기던 설화가 말했다.

"와, 이제 보여요."

설화는 눈을 크게 떴다.

한빈이 불어 넣은 야광 가루가 통로에 휘날리며 바닥에 깔린 얇디얇은 실에 붙은 것이다.

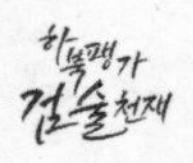

그 실에 야광 가루가 붙자 눈에 보이지 않던 실이 자연스레 보였던 것.

한빈이 말을 이었다.

"설화야, 그 실을 자를 때는 조심해야 한다."

"네, 공자님. 중독 안 되게 조심할게요."

"중독은 걱정 안 해도 되는데, 그 실은 재활용해야 하니 잘 챙겨 두라는 얘기야."

"재활용이요?"

"그래, 재활용. 이렇게 비싼 인면주사(人面蛛絲)를 쓰다니, 누가 만들었는지 대단하군."

말을 마친 한빈은 입맛을 다셨다.

그 모습에 설화는 마른침을 삼켰다.

한빈의 표정을 보니, 인면주사가 목숨보다 더 중요한 것 같은 느낌이 들어서였다.

한빈이 설화를 바라보며 작게 말했다.

"지금."

그 말과 함께 한빈과 설화가 동시에 인면주사를 잘랐다.

서걱, 서걱.

얇은 실이지만 마치 쇠줄이 끊기는 소리가 흘러나왔다.

편하게 자른 것 같지만, 둘이 동시에 줄을 끊지 않으면 남은 칼날들이 쉬지 않고 회전하게 된다.

그렇게 설화와 한빈은 계속 기관 장치를 제거해 나갔다.

뒤쪽에 있던 제갈공려는 다시 한번 마른침을 삼켰다.

저리 편하게 함정을 제거하고 있지만, 기관진식과 진법의 전문가인 그녀가 볼 때는 둘의 호흡이 놀라웠기 때문이다.

제갈세가에 저 함정 제거를 맡긴다면?

기관진식의 전문가를 데리고 와도 저들처럼 빨리 처리할 수는 없을 것이다.

거기에 한빈과 설화가 가지고 있는 단검도 보통 물건이 아닌 것 같았다.

한빈이야 하북팽가의 직계라고 하지만 저런 보검을 가지고 있는 시녀가 있을 수 있을까?

그때 한빈이 손짓했다.

와도 된다는 신호였다.

제갈공려와 현문은 조용히 한빈에게 걸어갔다.

한빈은 통로 쪽에 아무렇지 않게 걸터앉아 있었다.

그곳으로 간 제갈공려는 다시 한번 눈을 크게 떴다.

아래쪽에는 제갈가의 식솔들이 괴인들에게 둘러싸여 있기 때문이었다.

그 괴인들을 본 제갈공려의 눈이 커졌다.

그러고는 재빨리 그들에게 달려들기 위해 용천혈에 진기를 모았다.

그때였다.

픽.

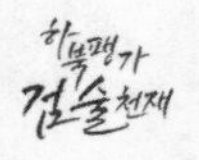

날카로운 소리에 고개를 돌렸다.

그곳에는 한빈이 미간을 좁히고 있었다.

순간 갑자기 몸에 힘이 풀린 제갈공려는 바닥에 쓰러졌다.

그녀의 몸이 바닥에 닿으려 할 때 한빈이 손을 뻗었다.

덥썩!

제갈공려는 받쳐 든 한빈이 나지막이 말했다.

"제갈공려 선배, 일을 그르칠 것이면 마혈을 풀어 주지 않겠습니다. 가만히 있을 것이라 약속한다면 눈을 두 번. 싫다면 그냥 있으십시오."

"……."

마혈을 제압당한 제갈공려가 두 번 눈을 끔뻑였다.

픽.

한빈이 제갈공려의 마혈을 풀었다.

작게 한숨을 내쉰 제갈공려가 말을 이었다.

"서둘러 주시게."

"상대의 무위를 파악하는 것이 먼저입니다."

"……."

제갈공려는 말없이 한빈을 바라봤다.

지금 아래에서는 말도 안 되는 일이 벌어지고 있었다.

그런데 이렇게 침착할 수 있다니.

그녀가 보기에 한빈은 단순한 비밀 병기가 아니었다.

노고수의 느낌이 물씬 나는 것으로 봐서 반로환동한 자일 수도 있었다.

제갈공려가 조용히 고개를 끄덕였다.

"알겠습니다."

한참 나이 차이가 나는 한빈에게 갑작스러운 존대를 하는 제갈공려.

하지만 누구도 그것을 이상하게 생각하지는 않았다.

그만큼 지금 한빈의 분위기는 무거웠다.

한편 암제와 제갈공영의 사이에는 어색한 침묵이 감돌았다.

둘 다 한빈 일행이 지켜보고 있음은 눈치채지는 못했다.

물론 암제와 제갈공영의 상황은 전혀 달랐다.

암제는 음식점에서 어떤 것을 먹을까를 고민하는 손님처럼 입맛을 다시고 있었다.

제갈공영은 활시위의 앞에 선 허수아비처럼 무기력하게 암제의 입이 열리기만을 기다리고 있었다.

암제가 조용히 입을 열었다.

"아무래도 제갈세가와는 논검으로 대결하는 게 좋겠군."

"논검이라……."

제갈공영의 눈에 살짝 희망 어린 빛이 감돌았다.

논검이라면 제갈세가를 따라갈 가문 혹은 문파가 중원에

존재하지 않았다.

논검이라는 것이 무엇인가?

쉽게 말하면 말싸움이다.

상대의 초식이 완벽하다는 가정하에 초식의 순서나 초식 간의 관계만을 따져서 승부를 내는 것이다.

이것은 무공의 이해와 지식에서 중원 누구보다도 앞서가는 제갈세가의 특기와도 같은 분야.

내기에 이겨서 이곳에서 벗어난다는 생각은 아니었다.

그저 시간을 벌 기회가 왔다는 것에 희망을 품고 있는 것이다.

제갈공영은 주먹을 꽉 쥐었다.

제갈공려가 이곳을 찾아올 때, 제갈세가만이 아닌 지원군을 데려오기를 바랄 뿐이었다.

그때 암제가 말을 이었다.

"누가 나서겠는가?"

암제의 옆에 있던 괴아가 한 발 나섰다.

"제가 나서겠습니다. 사부님의 제자인 제가 나섰으니 저쪽도 형평성에 맞게 직계 중 하나를 고르는 것이 좋겠습니다."

"그럼 네가 골라라."

"네, 사부님."

괴아는 제갈공영을 지나쳐 그의 둘째 아들인 제갈명을 끌고 왔다.

그 모습에 괴아의 수하들은 재빨리 탁자와 의자를 준비했다.

괴아가 의자에 앉자 그 수하들은 제갈명을 억지로 의자에 앉혔다.

괴아가 왼팔을 탁자 위에 올려놨다.

수하들이 제갈명의 왼팔을 탁자 위에 올려놓고 묶는다.

제갈공영은 이게 뭐 하는 짓인지 알 수 없었다.

논검을 하자고 해 놓고 왜 저런 행동을 한단 말인가.

하지만 그다음 행동에 제갈공영은 눈을 크게 떠야 했다.

괴인들이 탁자의 가장자리에 칼날을 끼워 넣은 것이다.

칼날 두 개가 탁자에 결합되자 탁자 자체가 작두가 된 모양새였다.

그 모습을 보고 눈을 동그랗게 뜬 제갈공영이 암제를 바라봤다.

암제의 입가에 비릿한 미소가 피어났다.

그 미소를 머금은 채 암제가 입을 열었다.

"자, 이제 승부를 시작해 볼까? 자네와 내 논검 결과에 따라 자네 자식이나 내 제자, 둘 중 하나의 팔이 잘릴 것일세."

"헉."

제갈공영의 눈이 커졌다.

생사논검 (1)

제갈공영이 재빨리 표정을 수습하고 외쳤다.

"지금 무엇을 하는 것이냐!"

"보면 모르나? 제갈세가의 명성도 다 헛된 것이었군. 자네가 지면 자네 아들의 팔은 없을 것이네. 두 팔이 다 없어지고 나면 무엇을 걸어야 할까? 다음은 다리? 다리 다음은 어디일까?"

"……."

제갈공영은 아무 말도 할 수 없었다.

그때 암제가 다시 말을 이었다.

"다음은 목을 내놔야 할 것이야."

"이런 악랄한……."

"그 말은 내가 전에 제갈세가를 향해서 했던 말 같군. 역시 세상을 돌도 도는 게 이치지."

"차라리 날 죽여라."

"어차피 마지막에는 네가 죽겠지. 너는 이곳에 모인 네 자식과 수하들이 모두 죽는 걸 봐야 할 것이다. 그럼 삼 초를 양보하겠다는 허튼소리는 집어치우고 먼저 들어가겠다. 화산의 매화이십칠수 중 매화난검(梅花亂劍)으로 네 가슴을 노린다."

순간 제갈공영은 재빨리 호흡을 가다듬었다.

논검은 내공을 통한 승부가 아니라 논리로 싸우는 대결.

분명 승산이 있었다.

암제가 약속을 지켜 준다면 시간도 지키고 적의 전투력도 약화시킬 수 있었다.

암제의 눈빛을 보니 약속은 지킬 것이 분명했다.

설령 제자의 팔이 날아가더라도 말이다.

암제가 말한 매화난검은 화산파의 절기 매화이십칠수.

그중에서도 다수의 적을 상대로 전개하기 적합한 초식이다.

매화 꽃잎이 소나기처럼 꽂히는 광경을 보고 창안한 무공.

일정한 형식 없이 쏟아지는 소나기를 받아칠 수 있을까?

고수에게 정답은 말해 보라고 한다면?

받아칠 수 있다고 말하는 사람이 태반일 터였다.

하지만 여기서 문제가 생긴다.

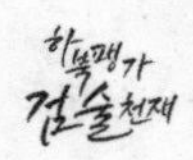

초식을 받아치는 순간 틈이 생긴다는 점이다.

제갈공영이 외쳤다.

"나는 무영보로 좌로 세 걸음, 매화난검의 간격에서 벗어나겠소!"

"흠, 좋구나, 좋아! 그렇다면 나는 매화난검에서 승룡풍운(乘龍風雲)으로 바꾸마."

암제가 소매를 휘휘 저었다.

동시에 소매를 타고 상서로운 기운이 제갈공영의 우측 세 걸음을 스친다.

순간 제갈공영의 등에서 식은땀이 났다.

그가 보여 준 한 수는 곤륜의 승룡풍운을 형상화한 것이다.

소매로 기의 흐름을 보여 주면서 경고하는 여유를 부리는 암제.

검 끝에 풍운이 일며 승천하는 용이 날아드는 듯한 착각이 일 정도의 한 수였다.

제갈공영이 말했다.

"나는 천근추의 수법으로 상체를 뒤로 젖히며 승룡풍운을 흘려보내겠소. 그러고는 바로 내 검에 제갈가의 은화살광(隱花殺光)을 실을 것이요."

제갈공영은 마치 검을 쓰듯 한 치 앞을 가리켰다.

그 모습에 암제가 입꼬리를 올렸다.

승룡풍운을 썼을 때 세 걸음 옆으로 움직인 제갈공영을 따라잡아 용의 발톱으로 그의 상체를 가격한 상태.

그 상태에서 몸을 뒤쪽으로 젖히며 검을 휘두른다면 비록 제갈공영의 피부는 상할 테지만, 중상을 입지는 않을 터.

어찌 보면 아주 좋은 역습이 된다.

거기에 더해 은화살광이라면.

은은한 국화 향기 속에 살기를 싣는 제갈가의 검술.

살광이 영향을 미치는 범위는 한 걸음!

화려한 수법은 아니지만, 적절한 수법이었다.

암제가 말했다.

"그럼 나는……."

그들의 논검은 제법 긴 시간 동안 이어졌다.

논검을 주고받던 제갈공영이 눈을 빛냈다.

"……그 수법을 낙화유수(落花流水)로 받겠소."

이곳에 와서 처음 짓는 미소.

그 미소가 제갈공영의 입가에 맴돌았다.

암제가 웃음을 터뜨렸다.

"하하, 역시 제갈세가야!"

"그럼 내가 이긴 것이오?"

"그래, 자네가 이겼네."

말을 마친 암제는 손뼉을 쳤다.

짝짝!

그 소리에 탁자 옆에 작두를 잡듯 칼날의 손잡이를 쥐고

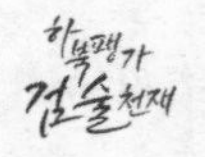

있던 수하가 손에 힘을 주었다.

휙!

칼날이 예기를 번뜩이며 괴아의 팔뚝으로 향했다.

챙!

묘한 소리에 제갈공영은 눈을 크게 떴다.

힘껏 내리쳤는데 괴아의 팔뚝으로 향했던 칼날은 멈춰 있었다.

자세히 보니 칼날의 이가 나갔다.

"헉, 저건!"

"괴아는 금강불괴라네."

"……."

제갈공영은 자신도 모르게 입을 벌렸다.

금강불괴라니!

저 나이에 이건 말도 되지 않았다.

여긴 괴물이 모여 있는 집단이 분명했다.

정의맹에서도 감지하지 못한 사이에 이렇게 말도 안 되는 집단을 키울 수 있다니?

제갈공영은 이해가 되지 않았다.

정의맹에 배신자, 아니 문파와 무림세가에 배신자가 있지 않고서는 불가능한 일이었다.

그때 암제가 다시 말을 이었다.

"아까 너의 낙화유수를 해남파의 만파격우(萬派擊牛)로 밀쳐

내면 어떻게 됐을까?"

"그건……."

제갈공영은 말을 잇지 못했다.

난화유수는 꽃잎이 떨어지듯 부드러움으로 강함을 이기는 수법.

분명 외통수라 생각하고 짜낸 초식이었다.

하지만 만파격우라면?

해남파의 만파격우는 파도 같은 기세로 상대의 초식을 누르는 수법.

파도도 알고 보면 물.

만파격우도 부드러움을 추구한다.

다만 부드러움이 여러 개 모여 황소를 반 토막 낼 수 있는 날카로움으로 변화시키는 수법이다.

낙화유수에는 완벽한 천적.

가장 무서운 것은 암제가 이 수법을 알면서도 고의로 진 것이다.

왜 그랬을까?

제갈공영은 암제의 다음 말에서 알 수 있었다.

희미하게 웃고 있던 암제가 말했다.

"내가 왜 져 줬는지 궁금하겠지. 그것은 완벽한 절망을 선물하기 위함일세."

"완벽한 절망이라……."

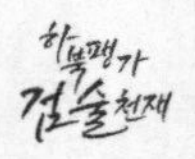

제갈공영은 말끝을 흐렸다.

이제는 모든 것이 이해되었기 때문이다.

괴아라는 적이 금강불괴인 이상, 이 승부는 달걀로 바위치기였다.

거기에 논검으로도 승부가 안 된다.

"내가 느꼈던 것을 천하 십대세가, 아니 강호 전체도 느껴야겠지. 그 첫 번째가 제갈세가이니 영광으로 알게. 그럼 다시 시작하겠네. 나는 첫수로……."

그렇게 다시 두 번째 논검이 시작되었다.

제갈공영은 이 승부가 모두의 팔다리 그리고 목이 달아나야 끝난다는 것을 알고 있었다.

하지만 이렇게라도 해서 시간을 끌어야 기회가 있다고 확신했다.

계속되는 논검.

암제가 미소를 지었다.

"청룡탐조(青龍探爪)의 수법으로 자네의 단전을 노리겠네."

청룡탐조란 몸을 비틀어 검을 위로 돌려 상대를 노리는 수법.

제갈공영이 공중으로 몸을 띄운 상태에서 그 자리에 들어가 검을 위쪽으로 세운 것이다.

아래쪽에서 맹수가 이빨을 드러내고 기다리는 형국.

공중으로 몸을 띄운 제갈공영은 상대의 초식에 상대할 방법이 없었다.

그렇다면 논검의 결과는?

이것이 실제 대결이라면 아래쪽에서 향하는 적의 검에 꼬치가 될 것이었다.

"……."

제갈공영의 침묵이 계속되자 암제가 말했다.

"바둑 두는 사람 어디 갔는가? 계속 대답을 안 하겠다면 열을 세겠네. 그동안 대답이 없다면……."

암제는 슬쩍 눈짓했다.

그의 눈짓에 칼을 잡은 수하가 조용히 포권한다.

"네, 알겠습니다."

"저들은 내가 열을 세면 집행할 것이네."

"……."

제갈공영은 답하지 못했다. 지금 그의 머리는 초식에 대한 생각으로 가득 차 있었다.

그는 아직 포기하지 않은 것이다.

하지만 암제는 기다려 주지 않았다.

"하나, 둘, 셋……."

멀리서 그 모습을 보던 제갈공려가 이를 악물었다.

조카의 팔이 반 토막 나는 것을 그냥 지켜만 볼 수는 없었다.

제갈공려는 다리에 공력을 집중시키며 결의에 찬 목소리

로 말했다.

"아무래도 나는 너와의 약속을……."

제갈공려는 말을 잇지 못했다.

조금 전까지 옆에 있었던 한빈이 없어진 것이다.

제갈공려가 주위를 둘러보니 옆에 있던 현문이 검지로 논검이 이루어지는 곳을 가리켰다.

그곳에 있는 암제는 계속해서 천천히 숫자를 셌다.

"일곱, 여덟……."

그가 여덟까지 셋을 때였다.

어디선가 활기찬 목소리가 들렸다.

"검파일적(劍把一寂)으로 청룡탐조를 제압하면 어떻겠습니까?"

목소리의 주인공은 물론 한빈이었다.

한빈이 외쳤지만, 암제는 한빈을 제갈세가의 식솔 중 한 명이라 가벼이 여겼다.

"그게 무슨 소리냐?"

암제는 눈을 가늘게 떴다.

검파일적은 검과 검이 오가는 생사결에서 쓸 수 있는 초식이 아니었다.

검파, 즉 검의 손잡이로 적을 제압할 때 쓰이는 초식이다.

검파로 한순간에 적을 조용하게 만든다고 해서 붙여진 이름이다.

월등히 실력이 뛰어난 고수가 하수를 다치지 않게 제압하기 위한 수법.

그것을 지금 생사결에서 쓴다니 호기심이 동한 것이다.

하지만 호기심은 곧 경악으로 바뀌었다.

암제의 눈빛이 살며시 떨리고 있었다.

검을 뺀을 수 있는 여유는 없지만, 검파로 아래쪽에서 버티는 검을 밀어 낼 수는 있었다.

그때 한빈이 말을 이었다.

"창에는 방패로 대응하는 것이 맞지 않습니까? 당신이 청룡탐조로 이빨을 드러냈다면 나는 검파일적으로 당신의 검끝을 무력화시킬 것이오. 당신의 검은 살짝 떨리겠지요. 그 틈을 타서, 청룡강하를 쓸 것이오."

암제의 눈빛이 더욱 흔들렸다.

청룡강하(青龍降下)란 청룡이 여의주를 찾기 위해 아래로 내려오는 형상을 초식으로 만든 것.

자신이 처음 전개했던 청룡탐조를 청룡강하로 마무리 짓는다?

마치 상대를 농락하는 듯한 전개였다.

게다가 청룡탐조와 청룡강하는 둘 다 북천문의 청룡비검(青龍飛劍)의 초식 중 일부였다.

당황도 잠시, 암제가 웃음을 터뜨렸다.

"하하, 너는 대체 누구냐? 누구이길래 가주보다 낫다는 말

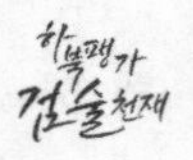

이냐? 내 너 같은 제갈가의 인재는 들어 본 적이 없거늘. 낭중지추를 몰라보다니, 제갈세가의 가주도 보는 눈이 없구나!"

암제는 슬며시 제갈공영을 바라봤다.

그 입가에는 비웃음이 섞여 있었다.

어찌 저런 인재를 다른 식솔들과 섞어 놨냐는 말이었다.

논검은 뒤로하고 제갈세가가 보는 눈이 없음을 비웃는 광오한 암제의 태도.

하지만 제갈공영은 눈만 크게 뜨고 답하지 못했다.

지금 암제와 자신의 논검 도중 끼어든 젊은 사내가 누군지 떠오르지 않았기 때문이다.

뒤쪽에서 덜컥 나왔으니 자신의 행렬에 딸려 온 제갈세가의 식솔 중 하나라 생각할 수밖에 없었다.

그런데 그것도 이상한 것이, 제갈공영은 떠나기 전 들어온 하인 하나까지 모두 머리에 담고 있었다.

그런데 저 젊은 사내는 기억이 나지 않았다.

그만큼 한빈이 이곳에 온 과정은 은밀했다.

구걸십팔보와 한빈 특유의 기척을 숨기는 능력 덕분에 순식간에 이곳에 있던 자들과 동화되었다.

그 덕분에 한빈은 누구도 알아채지 못하게 이곳에 나타날 수 있었던 것이다.

그때 암제가 한빈을 바라봤다.

"제갈세가의 가주 대신 네가 나와 논검을 할 테냐?"

"내게 기회를 주는 것이오?"

"말투가 당돌하구나!"

"당연하지 않소? 당신과 나는 적이거늘 어찌 존대를 바란단 말이오."

"그 기백 받아 주겠다!"

"나도 당신의 오만함을 받아 줄 것이오. 내 너그러운 도량으로 말이오."

한빈이 씩 웃자 암제가 피식 웃었다.

"하하, 기백 하나는 제갈세가의 가주보다 좋구나. 내 너를 친히 갈아 마시겠다."

"칭찬 감사하오. 우리 신나게 입이나 털어 봅시다."

"허허, 한 번도 지려고 하지 않는군."

"그럼 내가 먼저 시작하겠소. 나는……."

그렇게 한빈과 암제의 논검이 이어졌다.

물론 몇 걸음 물러나 논검을 지켜보던 제갈공영은 관자놀이를 지그시 누르며 자신을 대신하여 논검에 참여한 젊은이가 누군지를 떠올리려 애썼다.

하지만 아무리 생각해도 떠오르지 않았다.

문제는 저 젊은이가 자신도 생각 못 할 묘수로 계속해서 암제를 괴롭히고 있다는 것이다.

압도적이지는 않지만, 묘하게 상대보다 한발 앞선 상태로 논검을 이끌어 나가고 있었다.

무림삼존 중 일인이 내놓을 법한 발상을 아무렇지도 않게 내놓는 저 젊은이는 누굴까?

제갈공영은 자신이 그동안 세가를 다스리는 데 소홀했다고 자책했다.

저런 젊은이를 먼저 알아봤다면?

아마도 제갈세가는 더 높은 곳으로 올라가 있을 것이었다.

한빈은 제갈공영의 뜨거운 시선에는 아랑곳하지 않고 진지한 표정으로 논검을 이어 나갔다.

한빈이 시큰둥한 목소리로 말을 이었다.

"나는 비호출수(飛虎出手)로 당신의 오른손을 잡겠소……."

"……오호."

암제가 여지없이 탄성을 터뜨렸다.

지금 반 시진 이상 이런 상황이 계속되고 있었다.

사실 암제는 논검의 맛에 흠뻑 젖어 든 상태였다.

생각지도 못한 수법이 여기저기서 툭툭 튀어나오고 있었으니.

그는 눈앞에 상대가 적이라는 것도 잠시 잊고 바둑을 두는 신선처럼 한 수 한 수에 집중하고 있었다.

이렇게 묘수를 터뜨릴 수 있는 것은 한빈의 기억 덕분이었다.

한빈에게는 전생의 귀검대 대주로서의 기억이 고스란히

남아 있었다.

그 시절 한빈은 정의맹의 비무 일지를 외우다시피 했다.

정파와 사파의 모든 초식을 섭렵하기 위해서였다.

정의맹의 비무 일지는 강호에 알려진 비무에 대한 기록이었다.

그 일지를 모두 섭렵하다 보니 자신도 모르게 논검에 있어 통달하게 된 것.

누구보다 더 많은 실제 경험이 더해지자, 한빈은 무림삼존에 버금가는 논검의 달인이 되어 있었다.

전생에도 논검에 있어서는 달인이라는 소리를 들었는데, 지금은 그보다 더한 경험이 축적된 상태.

천산혈랑과의 혈투부터 시작해 최근에는 독고련과도 일전을 치르지 않았던가.

물론 가장 중요한 것은 논검이 내공이 아닌 초식만을 다룬다는 점이다.

내공은 몰라도 문파나 무림세가에 남아 있는 초식은 항상 변하기 마련이었다.

물론 초식의 형태가 변하는 것은 아니었다.

초식의 쓰임이 변하는 것이다.

이런 말도 있지 않은가?

십 년이면 강산이 변한다고.

하지만 십 년이면 초식이 두 번 변하고도 남을 시간이라고

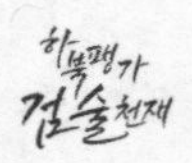

말이다.

암제의 논검은 한빈의 관점에서 예스럽다고 할 수 있었다.

그렇게 네 시진이 지났다.

아무리 한빈이라도 이제는 입에 침이 마를 정도였다.

아군의 전투력은 고스란히 지키면서 정의맹의 지원군이 올 때까지 최대한 시간을 끈다.

이것이 한빈의 목표였다.

그때였다.

탁자 위에 팔을 올려놓고 있던 괴아가 내공을 실어 목소리를 냈다.

"사부님."

그 목소리에 논검을 이어 나가던 암제가 눈을 부릅떴다.

"지금 무슨 짓이냐!"

"사부님께 긴히 드릴 말씀이 있습니다."

"말해 보아라."

"제가 보기에 저자는 간악한 혀로 사부님을 놀리고 있습니다."

"그게 무슨 말이냐?"

"사부님이나 무림삼존이라면 펼칠 수 있는 초식이지만, 다른 이라면 저런 초식은 무용지물입니다."

"그게 무슨 말이냐?"

"논검이라는 건 실효성이 있어야 하는데, 저자는 입만 산

자입니다."

"그래서?"

"제가 저자와 초식을 직접 나눠 보겠습니다."

"몸이 근질근질한 모양이구나."

암제가 고개를 끄덕이자 괴아가 자리에서 일어났다.

괴아의 팔뚝에 묶였던 밧줄이 힘없이 끊겼다.

우두둑.

괴아가 한빈을 보며 걸어왔다.

터벅터벅.

그 한 걸음 한 걸음에 내공을 실어 걸어오는 괴아.

그는 마치 한빈을 겁박하려는 듯 보였다.

하지만 한빈은 의문에 찬 눈으로 그를 바라볼 뿐이었다.

헝겊을 기운 것 같은 얼굴.

금강불괴의 신체.

거기에 만만치 않은 기세.

모든 것을 종합해 봤을 때 무림에 얼굴이 알려지지 않을 수 없는 자였다.

중요한 것은 지금까지라면 몰라도 전생에도 알려지지 않았다는 점.

한빈은 눈을 가늘게 떴다.

그렇다면?

가능성은 하나였다. 전생에는 저 얼굴을 드러내지 않고 누

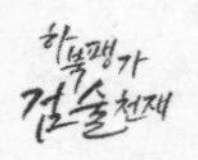

군가로 활동을 했다는 것이다.

과연 누굴까?

그때 괴아가 한빈의 앞에 섰다.

"어디 네 재주를 한번 보자, 이 입만 산 놈아."

"입이라도 살았다고 해 주니 고맙군. 가만 보니 너는 입도 죽어 있었구나. 이거 미안하네."

"이곳이 어딘 줄 알고 입을 놀리는 것이냐?"

"네가 그랬잖아, 입만 살아 있다고."

"관을 봐야 눈물을 흘리겠구나."

"현명한 자라면 관을 보기 전에 눈물을 흘리겠지. 그런데 어떻게 하지? 오랫동안 입을 털어서 그런지 눈물로 나올 물까지 모두 말라 버렸네."

그때였다.

뒤쪽에 있던 암제가 웃음을 터뜨렸다.

"하하, 그놈 참 제법이구나. 저놈에게 물을 가져다주어라."

"그게 무슨 말씀입니까?"

"그래야 목이 말라서 졌다는 소리가 안 나올 것이 아니냐?"

"아무리 그래도……."

"어허, 멱을 딸 때 따더라도 싱싱한 놈의 목을 베는 게 맛이 아니겠느냐?"

"알겠습니다, 사부님."

말을 마친 괴아는 수하들에게 눈짓했다.

그 신호에 수하가 대나무 통에 든 물을 가지고 온다.

괴아는 물통을 받아서는 떨떠름한 표정으로 한빈에게 넘겼다.

그것을 받아 든 한빈은 아무렇지 않게 대나무 통에 든 물을 들이켰다.

"캬, 시원하다."

한빈이 입가에 흐르는 물을 닦아 내며 괴아를 바라봤다.

시선이 마주친 괴아의 눈빛에는 증오가 담겨 있었다.

이전에 보였던 살기와는 다른 감정이었다.

사실 괴아는 이 중에서 한빈이 가장 미웠다.

사부가 한빈에게 보였던 관심 때문이었다.

암제는 괴아에게 저런 관심을 보인 적이 한 번도 없었다.

아무리 잘해도 그것이 당연하다는 듯, 감정을 보이지 않았었다.

그런데 갑자기 굴러들어 온 돌이 암제의 관심을 끈 것이다.

괴아에게 암제는 사부 이상이었다.

그는 친구였으며 부모이기도 했다.

물론 친부모라는 이야기는 아니었다.

몸이 산산이 조각나서 죽어 가는 괴아의 살을 이어 붙여서 새 생명을 주고 무공을 가르쳐 새 인생을 살게 해 준 것이 암제였으니 말이다.

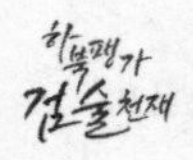

다른 건 몰라도 암제의 관심을 빼앗는 사악한 놈은 용서할 수 없었다.

괴아에게 논검 같은 것은 아예 안중에도 없었다.

논검을 하는 척 놈의 앞에 가서는 사부가 말릴 틈 없이 바로 멱을 따 버릴 계획이었다.

그때 한빈이 대나무 통을 다시 건넸다.

"잘 먹었다, 괴아야."

"내 이름을 부를 자격이 있는 사람은 사부님뿐이다."

"그럼 내가 네 사부인가 보네."

"……."

대나무 통을 받아 든 괴아는 조용히 진기를 오른손에 불어넣었다.

동시에 대나무 통에 붉은 진기가 피어올랐다.

그러고는 일도양단의 기세로 대나무 통을 한빈을 향해 내리그었다.

부웅!

붉은 기운이 한빈을 향해 맹렬히 달려들었다.

그 모습에 뒤쪽에 있던 암제가 소리쳤다.

"괴아야!"

"죄송합니다, 사부님. 죄는 달게 받겠습니다."

괴아는 미안한 표정으로 암제를 바라봤다.

암제가 고개를 흔들었다.

"그게 아니다."

"네?"

"적에게 집중하거라. 이것도 수업이다."

"그게 무슨 말씀……."

괴아는 말을 잇지 못했다.

상대의 머리가 박살 나서 사방으로 피가 흩어져야 할 텐데 그 어떤 타격감도 없었다.

허공을 치는 듯한 허무한 느낌.

괴아는 그제야 앞을 살폈다.

그곳에는 아무도 없었다.

그때였다.

자신의 옆구리를 향해 산들바람이 불어왔다.

괴아는 재빨리 몸을 날렸다.

휙!

옆구리를 스치는 예기. 그것은 마치 달빛과도 같았다.

괴아는 고개를 돌려 상대를 응시했다.

상대는 괴아의 옆구리를 가리켰다.

괴아는 옆구리에서 싸늘한 감각을 느꼈다. 검날에 베인 듯 옆구리 쪽 천이 갈라져 있었다.

거기에 더해 피가 천천히 배어 나왔다.

깊은 상처는 아니라는 이야기.

그때 상대가 실실 웃으며 말했다.

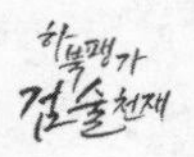

"진짜 금강불괴는 아닌가 봐?"

"뭐라?"

"검기도 쓰지 않았는데 그렇게 베이는 걸 보면 말이야."

"……."

괴아는 아무 말 없이 상대를 바라봤다.

상대는 자신의 허점을 잘 알고 있었다.

괴아는 아직 진정한 금강불괴를 이루지 못했다. 그저 부분적으로 금강불괴를 이루었을 뿐이었다.

금강불괴라 불릴 만큼 신체를 강화할 수 있는 것은 일부분에 한정되었다.

극성의 호신강기를 신체 일부에 둘러서 금강불괴처럼 보이는 것이었다.

팔에 집중하면 팔이 금강불괴처럼 보이고.

머리에 집중하면 머리가 금강불괴가 되는 것이다.

그런데 지금처럼 신경을 못 쓰는 곳은 적에게 당할 수밖에 없었다.

괴아는 상대에게 발가벗겨진 듯한 느낌을 받았다.

그것이 괴아의 이성을 잃게 했다.

괴아가 외쳤다.

"죽어!"

말을 마친 괴아는 한빈을 향해 달려들었다.

뒤쪽에서 그들을 바라보던 암제는 그저 흥미롭다는 듯 미소를 지었다.

그가 보기에 여기 모아 놓은 적들은 잡아 놓은 물고기였다.

강가에 잡아 놓은 물고기가 아니라 집까지 가져온 물고기는 놓칠 염려가 없었다.

어떻게 요리를 해서 먹느냐?

언제까지 살려 두느냐의 선택만이 남아 있을 뿐이었다.

지금 한빈에 대한 호기심이 일고 있지만, 그것은 유흥에 불과했다.

한빈의 움직임을 바라보던 암제의 눈이 커졌다.

"구걸십팔보?"

순간 멀리서 마주 보고 있던 제갈공영의 눈도 함께 커졌다.

제갈세가에서 구걸십팔보를 익힌 이가 있을 수 없었다.

그렇다면 제갈세가의 식솔이 아니라는 이야기였다.

보통 사람이라면 구걸십팔보를 알아보지 못했겠지만, 중원의 모든 무학을 학문처럼 공부하는 제갈세가였기에 단번에 알아볼 수 있었다.

다만, 암제가 이것을 알아봤다는 것이 놀라울 뿐이었다.

제갈공영은 지금 해야 할 일을 알았다.

그는 나지막이 외쳤다.

"개방에서 가져온 구걸십팔보를 저리 자연스럽게 사용하다니 대체……!"

물론 그것은 거짓이었다.

누군지는 몰라도 제갈세가의 사람은 아니었다.

제갈세가의 사람이 아닌 자가 목숨을 걸고 저 앞에 있다는 것은 정의맹의 선발대가 도착했다는 것이다.

그러니 저자는 시간을 끌고 있는 것이 분명했다.

저자가 제갈세가의 사람이 아니라는 것을 들키는 순간, 시간 끌기 작전은 물 건너간다.

제갈공영은 암제에게 그것을 들키지 않기 위해 연기를 한 것이었다.

제갈공영은 놀란 눈으로 한빈을 바라보는 동시에 암제의 표정을 살폈다.

암제가 혀를 차며 말을 이었다.

"흠, 여기서 나가는 대로 제갈세가의 비고부터 확인해야겠군. 개방의 무학까지 입수할 줄이야……."

말을 마친 암제는 조용히 괴아와 한빈의 대결을 바라봤다.

암제는 정말 기가 찼다.

제갈세가에 저런 인물이 있다는 것은 상상도 하지 못했다.

암제는 한빈만은 살려 두기로 했다.

어떤 방법을 써서든 자신의 수하로 거둘 것이었다.

그만큼 탐이 났다.

수하로 거두는 것에 성공한다면 괴아와 함께 자신이 천하를 군림하는 데 훌륭한 기반이 될 것이라 확신했다.

한빈은 지금 내공을 안 쓰기 위해 부단히 노력하는 중이었다.

전광석화와 구걸십팔보는 용린검법 중 빠름을 나타내는 '속'의 속성을 소모하는 초식.

일정한 속도만 넘어서지 않는다면 상대는 제갈세가의 식솔들처럼 산공독에 당한 상태라고 착각할 것이었다.

한빈이 이렇게 시간을 끄는 데 집중하는 이유는 무엇일까?

그것은 바로 암제의 존재 때문이었다.

아무리 경지를 파악하려고 해도 알 수 없는 존재.

그것이 바로 암제였다.

그렇다면 한빈이 이제까지 만났던 사람들보다 위라는 것이었다.

저렇게 의자에 앉아 있다는 것이 다소 안심되긴 했지만, 그것마저도 극복할 무위를 가지고 있다면 한빈뿐 아니라 이곳에 있는 모든 이가 몰살당할 가능성이 높았다.

그때였다.

누군가 괴아에게 거대한 도를 던졌다.

휙.

그것을 받은 괴아가 거도를 잡았다.

"고맙다."

수하를 보고 피식 웃는 괴아.

헝겊 조각이 기워진 듯한 얼굴이 괴이한 웃음을 짓는다.

괴아의 거도가 공간을 가르며 한빈을 향해 날아왔다.

팡!

귓가를 울리는 파공성.

이제 괴아도 한빈을 봐줄 생각이 없는 듯 보였다.

괴아의 거도에서는 붉은 도기가 짙게 배어 있었다.

그 붉은 도기가 점점 한빈에게 다가왔다.

문제는 지금 피한다면 뒤쪽에 있는 제갈공영과 그 수하들이 다친다는 것이다.

그만큼 괴아의 거도가 뿜어내는 붉은 도기는 가공할 위력을 지니고 있었다.

한빈은 이제 선택해야 했다.

힘을 드러내느냐? 아니면 끝까지 숨기느냐?

그 선택의 갈림길에 섰다.

고민은 필요 없었다. 드러내되 보이지 않게 하면 되었다.

결심한 한빈이 재빨리 품 안에 손을 넣었다.

그러고는 가죽 주머니를 꺼냈다.

발광(發光)가루가 있던 바로 그 가죽 주머니였다.

한빈은 그 발광가루를 괴아를 향해서 뿌렸다.

일렁이는 도기를 넘어 날아오는 가루에 괴아가 눈을 크게 뜨며 외쳤다.

"독이다!"

말을 마친 괴아는 흠칫하며 동작을 멈췄다.

그 모습에 한빈이 눈매를 좁혔다.

부분적으로 금광불괴를 유지할 수 있지만, 독에는 약한 것 같았다.

한빈은 피식 웃으며 외쳤다.

"독이 아니라 흙이다, 이놈아!"

한빈이 비웃음 가득한 목소리로 받아치자, 괴아가 흥분해서 외쳤다.

"미친놈!"

"미친놈은 너고."

"어떻게 무인이 대결 도중 상대에게 흙을 뿌린다는 말이냐?"

"그럼 뭘 뿌려?"

"상종도 못 할 비겁한 놈이구나."

"얼굴을 보니 어렸을 적에 흙 꽤 파먹은 것 같은데……. 가만 보니 머리털도 없네."

한빈이 손바닥을 머리 위에 대고 빙글빙글 돌렸다.

누가 봐도 놀리는 것이다.

물론 단순히 놀리는 것은 아니었다.

그것은 설화에게 보내는 신호였다.

하지만 한빈의 이런 행동은 괴아의 이성을 잃게 했다.

괴아는 얼굴만 헝겊으로 기운 것 같은 게 아니었다.

머리카락도 비슷했다.

문제는 정수리가 휑한 덕분에 동료에게도 놀림을 받은 적이 있다는 것.

동료에게 놀림을 받는 것이야 어쩔 수 없지만, 근본도 모르는 저런 놈에게 받는 모욕은 참을 수 없었다.

한마디로 대머리라는 단어는 괴아에게는 역린 같은 존재.

괴아가 미친 듯 괴성을 질렀다.

"악!"

"미안!"

짧게 답한 한빈이 뒤쪽으로 물러났다.

괴아가 다시 한빈을 쫓았다.

넓은 지하 공간 속에서 뜻밖의 추격전이 벌어졌다.

한빈은 타원을 그리듯 도망치며 점점 괴아의 수하들에게 가까워지고 있었다.

어찌 보면 점점 밀리는 형국.

한빈이 마지막으로 밀린 곳은 뒤쪽 괴아의 수하가 있는 곳이었다.

쫓아오는 괴아가 외쳤다.

"제법이군! 배수진을 치는 것이냐? 그래도 상관없다. 네놈은 잠시 뒤에 죽을 테니까."

"우리 괴아가 많이 컸네. 배수진도 다 알고. 머리카락이 없어도 머리는 좋은가 봐."

그 놀림에 괴아의 거도에서 다시 붉은 기운이 일렁였다.

"죽어!"

괴아가 황소처럼 돌진하며 도를 횡으로 그었다.

붉은 도기가 파도처럼 한빈을 향해 밀려왔다.

한빈의 눈앞까지 닥친 붉은 도기.

사사—삭.

한빈은 그 자리에서 사라졌다.

붉은 도기가 허공을 가격하고 계속 뻗어 나간다.

뒤쪽에 있던 괴아의 수하가 재빨리 고개를 숙였다.

팡!

뒤쪽의 벽이 흔들흔들하더니 흙이 위쪽에서 떨어진다.

투두둑.

한빈은 계속해서 괴아로부터 도망쳤다.

하지만 괴아는 모르고 있었다.

한빈이 도망치면서 계속해서 발광가루를 그들의 수하에게 뿌리고 있다는 것을 말이다.

지금처럼 밝은 공간에서는 한빈의 말대로 그 가루도 흙처럼 보일 뿐이었다.

게다가 한빈의 동작이 얼마나 은밀한지 누구도 한빈이 가루를 뿌리는 것을 알아채지 못했다.

물론 그것을 보고 있던 암제만이 의미심장한 미소를 짓고 있었다.

다만, 그도 한빈이 뿌리는 가루의 정체에 대해서는 몰랐다.

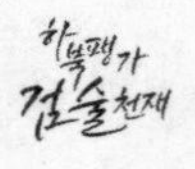

그저 호기심에 눈을 빛낼 뿐이었다.

그 가루가 독이든 아니면 화약이든 자신과 수하들에게는 아무 영향도 미치지 못함을 알기 때문이었다.

암제는 손자의 재롱을 보는 듯 재미있다는 듯 팔짱을 꼈다.

한편 한빈의 수상함을 느낀 괴아는 거도를 높이 올렸다.

상대를 포위하라는 신호였다.

점점 포위망을 좁히며 한빈이 빠져나갈 공간을 없애는 괴아와 그의 수하.

한빈은 고의로 도망가지 않고 그들이 자신을 포위하게 그냥 두었다.

한빈은 힐끔 제갈세가 사람들이 있는 곳을 바라봤다.

그들과의 거리는 오십 걸음 이상.

이 정도면 안전하다고 생각한 한빈은 진각을 밟으며 월아를 뻗었다.

'일촉즉발.'

월아의 검 끝에 푸른 검기가 일렁이며 뻗어 나간다.

월아와 하나가 된 한빈이 괴아를 향해 짓쳐 들었다.

괴아의 수하들이 입을 벌렸다.

"검기다!"

"산공독에 중독되지 않은 자가 있다!"

그들이 놀란 것은 한빈의 수법이 아니었다.

이제까지 제갈세가 사람이라 생각했는데 아닐 수도 있다

는 불안감에서였다.

그게 아니라면 제갈세가의 식솔들이 산공독을 해독했다는 것인데, 그것도 그것 나름대로 문제였다.

하지만 괴아는 아무렇지 않게 거도를 똑바로 세웠다.

그렇게 세운 거도는 마치 기둥을 세운 것처럼 굳건하게 한 치의 틈도 보이지 않았다.

절대 움직이지 않을 것 같은 괴아가 갑자기 앞을 향해 치닫기 시작했다.

파바박.

한빈과 괴아가 막 충돌하려 할 때였다.

휘익!

여기저기서 바람이 불더니 커다란 지하 공간을 비추고 있던 횃불이 꺼지기 시작했다.

팟. 팟.

연달아 꺼지는 횃불에 지하 공간은 이내 암흑으로 덮였다.

서로를 알아볼 수 없을 정도로 칠흑 같은 어둠이 깔리자, 괴아가 외쳤다.

"어서 불을 밝혀라!"

"존명!"

어둠 속에서 포권한 수하는 조심스럽게 바닥을 살피며 횃불이 있는 곳으로 향했다.

그때였다.

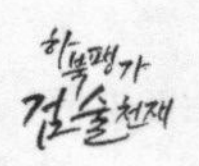

"억!"

누군가의 비명이 들려왔다.

순간 괴아의 수하들이 술렁이기 시작했다.

"누군가 당했다!"

"어둠 속에서 어떻게?"

"네 몸에 묻은 게 뭐지?"

"너도 묻어 있는데!"

"너희 몸에서 뭔가 반짝이고 있어. 마치 야명주처럼……. 악!"

누군가가 대화 도중 비명을 질렀다.

그들은 자신의 몸에 묻은 발광가루를 그제야 발견한 것이다.

어둠 속에서 자신은 몸을 내놓고 있는데 상대의 모습은 못 본다라?

이것은 목을 내놓고 기다리는 것과도 같았다.

그들은 웅성대며 자리를 피하기 시작했다.

"자리를 피하자."

"빨리 가루를 털어 내."

그들을 발광가루를 털어 내려 했지만, 털어 내려 하면 할수록 온몸에 번졌다.

당연한 것이, 발광가루는 황금보다도 비싼 가격에 거래되는 진귀한 물품인 발광버섯 가루보다 더 끈적였다.

천수장에서 잘 키운 극양지기 무의 진액이 첨가된 가루니 말이다.

아무리 털어 내도 몸 곳곳과 손에 더 심하게 묻을 뿐이었다.

순간 다시 수하 중 하나가 비명을 질렀다.

"아악! 적이다!"

그 비명에 지하 공간은 더 난장판이 되었다.

그때 괴아가 말했다.

"모두 자리를 지켜라!"

하지만 그의 외침은 무용지물이었다.

괴아가 내공을 담아 다시 외쳤다.

"모두 제자리!"

그 외침에 자리를 피하던 수하들이 동작을 멈췄다.

그때였다.

괴아의 허벅지를 검날이 쓸고 지나갔다.

서걱!

괴아는 눈을 크게 떴다.

오래간만에 느껴 보는 고통이었다. 그에게 고통을 줄 수 있는 것은 사부인 암제밖에 없었다.

고통을 느낀 괴아가 낮은 웃음을 흘렸다.

"흐흐, 오늘은 즐겁겠구나. 내 너를……."

괴아는 말을 맺지 못했다.

이번에는 한빈의 검이 복부를 훑고 지나갔기 때문이다.

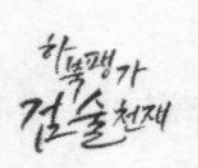

하지만 치명상은 아니었다.

상대의 손에 빛을 내는 물질이 묻어 있었기 때문이다.

한빈의 손을 확인한 괴아는 재빨리 복부 쪽에 공력을 운용해서 금강불괴의 상태로 만들었다.

괴아는 눈을 크게 뜨고 내공을 안력에 집중했다.

그러고는 외쳤다.

“저놈의 손에도 야광 가루가 묻어 있다. 모두 저놈을 쳐라!”

순간 모두는 한빈의 오른손에 묻은 야광 가루를 보고 달려들기 시작했다.

구별이 가능한 것이, 괴아와 수하들에게 묻은 야광 가루는 양이 많았던 데에 비해 한빈의 손에 묻은 야광 가루는 반딧불처럼 크기가 작았다.

커다란 지하 공간의 내부는 금세 반딧불이 공중에 떠다니는 듯한 장관을 만들었다.

누가 보면 숲속에서 반딧불이 떠다닌다고 착각할 수도 있을 정도로 커다란 반딧불이 작은 반딧불과 엉켰다.

그때였다.

작은 반딧불 쪽에서 내공이 실린 목소리가 들렸다.

“호롱불을 향해서 달려드는 나방 같은 놈들 같으니라고.”

한빈의 말이 끝나자 작은 반딧불은 사라졌다.

대신 어디선가 다급한 목소리가 들려왔다.

"같은 편이 공격한다!"

"나 아니라니까. 왜 나를 쳐! 이런 미친놈아, 너도 한 번……."

챙, 챙.

그들은 어둠 속에서 서로의 목에 검을 겨누기 시작했다.

혼란이 생긴 이유는 간단했다.

한빈이 손에만 묻혔던 야광 가루를 다른 이들의 몸에도 묻혔기 때문이다.

갑자기 아군과 적군이 구별이 안 되는 상태를 만들고는 그들의 목을 썰기 시작하니, 혼란이 생길 수밖에 없었다.

난데없는 상황에 괴아의 눈이 떨렸다.

이런 상황은 생각지도 못했었다.

이제까지 그가 겪었던 싸움은 단순했다.

압도적인 힘으로 적을 누른다.

금강불괴의 몸을 보는 순간 적은 저항도 하지 못했다.

하지만 이놈은 달랐다.

자신을 살살 약 올리더니 약점을 파고든다.

괴아는 몸에 난 상처보다 자존심에 난 상처가 더 아팠다.

상대보다 무공이 부족해서는 아닌데 단 한 명에게 밀리는 것이 이해가 되지 않았기 때문이다.

대체 무엇이 문제일까?

괴아가 고개를 갸웃하고 있을 때였다.

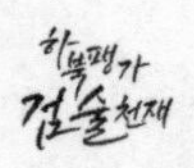

갑자기 여기저기서 비명이 터졌다.

한 곳이 아니라 사방에서 동시에 울리는 비명에 괴아는 고개를 돌렸다.

앞쪽에서 들리더니!

“아악!”

뒤쪽에서도 동시에 비명이 터진다.

“왜 갑자기!”

발광가루를 온몸에 묻힌 수하들이 바닥에 쓰러지기 시작했다.

그때 서늘한 예기가 괴아의 목덜미에 박혔다.

푸식!

하지만 꿰뚫지는 않고 혈맥에 닿기 전에 멈췄다.

금강불괴의 기운을 목에 둘렀기 때문에 겨우 막을 수 있었다.

그때 더 날카로운 예기가 심장을 향해 날아왔다.

슝!

목에 두른 금강불괴의 기운을 가슴으로 보내게 되면 목이 꿰뚫리게 될 형편.

그때였다.

어디선가 거대한 파공성이 울려 퍼졌다.

슈슝!

그 파공성이 괴아의 심장을 향해 달려드는 검날을 쳐 냈다.

탕!
귀가 얼얼할 정도의 굉음이 퍼져 나갔다.
그 굉음이 잦아들 때 손뼉 소리가 울렸다.
짝짝!
그와 함께 내공이 실린 중후한 목소리가 들려왔다.
"장난은 여기까지. 야명주를 밝혀라."
그 말과 함께 천장에서 빛이 흘러나왔다.
천장에 장치한 야명주가 드러나자, 지하 공간은 다시 밝아졌다.
암제는 주변을 바라봤다.
괴아의 수하들은 모두 바닥에 쓰러져 있었다.
대부분 절명한 듯싶었다.
암제가 말했다.
"못난 놈."
"죄송합니다. 목숨으로 사죄를……."
괴아는 거도로 자신의 목을 그으려 했다.
그때 다시 파공성이 울렸다.
슈슝!
정체불명의 물체가 날아오더니 괴아의 거도를 쳐 냈다.
탕!
괴아의 거도가 공중에서 빙글빙글 돌더니 청강석으로 된 바닥에 박혔다.

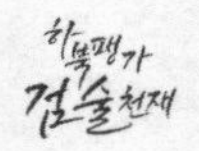

푹!

괴아는 멍하니 암제를 바라봤다.

암제를 바라보던 괴아가 고개를 갸웃했다.

불이 꺼지기 전에는 사내놈 하나만을 상대하고 있었는데, 불이 켜진 지금 보니 백색 무복의 소녀가 단검을 들고 서 있기 때문이었다.

괴아는 그제야 어찌 된 일인지 깨달을 수 있었다.

소녀가 괴아의 목을 뚫는 동시에 사내가 가슴을 노렸던 것이 분명했다.

그것을 암제가 구해 준 것이었다.

적은 야광 가루를 괴아와 그의 수하에게 묻혀 놓고 살육을 벌인 것이다.

괴아가 소녀를 바라보고 물었다.

"너는 대체 누구냐?"

"설화."

"설화라? 강호에서 너 같은 어린년이 이렇게 검을 다룬다는 건 들어 본 적이 없거늘……. 대체 어디서 온 것이냐?"

"우리 공자님이 비밀로 하래. 당과 하나 내놓으면 생각해 보고."

"쌍으로 미쳤구나!"

괴아가 소리를 지를 때 뒤쪽에서 철판 긁는 소리가 들렸다.

끼이익.

그 소리는 암제가 타고 있던 의자가 내는 소리였다.

철판 긁는 소리가 멈추자 암제가 입을 열었다.

“이제 네 재롱을 보는 건 그만해야겠구나.”

말을 마친 암제의 손에는 두 개의 금륜(金輪)이 들려 있었다.

금륜은 강호에서 흔치 않은 무기였다.

마차 바퀴처럼 생겼다고 해서 륜(輪)이라는 이름이 붙었는데, 륜을 무기로 쓰는 자는 딱 두 가지 부류였다.

암기를 자유자재로 다루는 인물이든지.

아니면 이기어검의 경지에 올랐든지 말이다.

륜은 크면 클수록 다루기가 힘들었다.

내뻗고 다시 회수하는 과정이 그리 만만치 않기 때문이다.

그런데 암제의 금륜은 제법 컸다.

세 뼘 정도의 금륜은 수박을 올려놓을 수 있는 접시만 한 크기였다.

암제의 목소리에 한빈은 그의 표정과 손을 바라봤다.

한빈은 아까 자신의 검을 쳐 낸 것이 저 금륜임을 알아챘다.

금륜을 쓰는 고수라?

저런 특이한 무공을 쓰는 고수를 전생에는 마주한 적이 없었다.

낭중지추라는 말이 있다.

저런 고수가 앞으로도 이십 년 동안 강호에 모습을 드러내

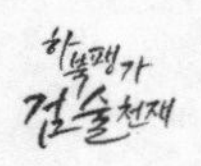

지 않을 확률이 있을까?

문제는 암제라는 자의 무위가 어느 정도인지 감이 잡히지 않는다는 것이다.

한빈은 조용히 암제를 바라봤다.

그는 저 금륜으로 언제든 적의 목을 딸 수 있다는 자신감이 있는 것 같았다.

한빈은 다시 한번 암제의 무위를 예측하기 위해 노력했다.

하지만 이번에도 암제가 어느 정도의 무위를 지녔는지에 대한 깊이를 측정할 수 없었다.

한빈은 정면 승부는 피하기로 계획했다.

그렇다고 해서 이곳에 있는 적을 그냥 놔둘 수는 없었다.

지금 상황에서 제갈세가의 식솔을 두고 그냥 갈 수는 없는 일.

한빈은 준비한 몇 가지 계획 중 하나를 실행하기로 했다.

암제가 다가오는 속도에 맞춰, 한빈은 뒷걸음쳤다.

동시에 손짓해서 설화에게 신호를 보냈다.

설화는 뒤쪽으로 속도를 내며 사라졌다.

누가 봐도 도망가는 모습이다.

누군가 사라지는 설화를 보고 비웃음 가득한 목소리를 낸다.

"하하, 이제야 꽁무니가 빠지게 도망치고 있구나."

"저건 용기가 아니라 객기였지."

"둘 가지고 우리와 맞서 싸운다는 것이 처음부터 말도 되지 않지."

한빈은 비웃음 가득한 그들의 목소리가 그리 기분 나쁘게 들리지 않았다.

비웃음 속에서 섞여 나오는 두려움을 느꼈기 때문이다. 한빈은 고개를 돌려 다른 곳을 둘러봤다.

역시 눈빛이 변하지 않은 것은 오직 암제와 괴아밖에 없었다.

하지만 암제는 그들의 웅성거림에 어떤 신경도 쓰지 않았다.

그저 묵묵히 한빈만을 바라보고 있었다.

그는 꼼짝하지 않고 한빈을 보며 입맛을 다셨다.

"너는 어느 문파의 아이더냐?"

"내가 말해 주면 얼마 줄 수 있는데?"

한빈은 처음처럼 활짝 웃으며 가볍게 되물었다.

암제가 눈을 반짝이며 진지한 표정으로 말을 이었다.

"십대세가 중 한 곳이면 적당하겠느냐?"

"나를 너무 싸구려로 본 것 같은데."

한빈이 검지를 들어 좌우로 흔들자, 암제가 기가 찬 듯 웃는다.

"하하, 말재주도 제법이구나."

"영감도 말재주가 제법이야. 나중에 경극단에 들어가서 입

좀 털어도 되겠어."

"내 간만에 웃어 보는구나. 하하, 재미있구나."

암제는 무릎을 탁 치며 웃었다.

한빈은 그런 암제의 태도가 찝찝했다.

아무리 생각해도 이건 광오함의 정도를 벗어났다.

모든 무림을 아래로 내려다보면서 관조하는 저 태도란?

어쩌면 저자가?

한빈이 눈을 가늘게 뜨고 암제를 바라봤다.

과연 저자가 누굴까를 생각해 본 한빈은 하나의 결론에 도달했다.

"혹시 흑룡단주?"

흑룡단주라면 아미백선과 종남흑선에게 들었던 적의 우두머리였다.

"……."

암제가 아무 말 없이 한빈을 바라봤다.

그의 눈가가 살짝 떨렸다.

한빈은 자신이 말이 맞았음을 직감했다. 암제가 처음 보이는 당혹감이었다.

그것도 잠시, 암제가 웃기 시작했다.

"껄. 껄. 껄."

지하 공간이 쩌렁쩌렁 울릴 정도로 심후한 내공이 담긴 소리였다.

일반인이 듣는다면 정신이 쏙 빠질 정도의 사자후.

뒤쪽에 있던 제갈세가 사람들이 움찔대고 괴아의 수하들도 한 발 뒤로 물러나고 있으니, 한빈의 평가가 과한 것은 아니었다.

암제는 허장성세에 버금가는 사자후를 토해 내고 있는 것이 맞았다.

그 웃음의 여운이 가시기도 전에, 암제가 말을 이었다.

“그건 나도 비밀이다. 하지만 둘 중 하나의 조건이 충족되면 내 친히 가르쳐 주지.”

“그 조건을 내가 맞혀 볼까?”

한빈이 자신감 어린 목소리로 묻자 암제가 기특하다는 표정으로 말을 이었다.

“어디 맞혀 보아라. 정답을 맞힌다면 내 상을 내리지.”

“첫 번째 조건은 네 밑으로 들어오라는 거겠지.”

한빈이 손가락 하나를 폈다.

그 모습에 암제가 웃었다.

“오호, 제갈세가보다 네가 더 낫구나.”

“다른 조건은 아마 내가 죽으면 가르쳐 주겠다는 이야기겠지.”

한빈이 손가락 두 개를 펴자 암제가 무릎을 탁 쳤다.

“오호라, 정답이다. 그럼 네 선택은?”

“선택에 따라서 선물이 다르다는 건가? 영감.”

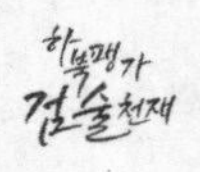

"당연히 다르지. 산 자와 죽은 자의 선물이 어찌 똑같을 수 있다는 것이냐?"

"영감도 제법이야. 그럼 나도 문제 하나 낼게."

"좋다, 문제를 내보아라."

"내가 둘 중에 어떤 선택을 할 것 같아?"

"너는 내 첫 번째 제안을 거부할 것이 뻔하다."

"왜 그렇게 생각하는데?"

"네가 내 제안을 받아들일 것이었다면 이렇게 싸가지없이 말하지는 않았겠지."

암제는 눈매를 살짝 좁혔다.

그도 그럴 것이 암제에게 말을 놓은 자는 여태껏 없었다.

마지막에 자신의 목에 검을 겨눈 무림인들조차 말을 놓지는 않았다.

한빈이 피식 웃었다.

"잘 아네. 그럼 정답은?"

"그러니 당연히 당연히 죽음을 택하지 않겠나?"

"땡!"

한빈이 고개를 흔들자 암제의 표정이 살짝 바뀌었다.

"틀렸다 했느냐?"

"틀렸어."

"그럼 네가 나를 이길 수 있단 말이냐?"

"영감은 내가 그렇게 우둔한 놈으로 보여? 대충 봐도 영감은 견적이 나오지 않아. 상대의 경지도 모르는데 무작정 덤비는 건 말도 안되지.”

“그럼 어떻게 할지 궁금하구나.”

“나는 세 번째 방법을 쓸 거야.”

한빈은 손가락 세 개를 폈다.

이어서 손가락을 편 팔을 높이 든 한빈은 손가락을 튕겼다.

딱!

그 소리에 맞춰 한빈의 발밑에서 연기가 솟아올랐다.

야명주가 밝게 빛나고 있었지만, 연기를 막을 수는 없는 법.

순간 한빈의 신형이 자리에서 사라졌다.

그때였다.

괴아의 수하들이 웅성대기 시작했다.

“모두 입을 막아라!”

“자리를 피해!”

“저쪽도 연기가 솟아오른다.”

“이쪽도 마찬가지다. 일단 호흡을 멈춰라!”

연기가 피어오르는 곳은 한빈의 발밑뿐이 아니었다.

연기는 지하 공간의 여기저기서 솟아오르기 시작했다.

괴아의 수하들은 동서남북 네 방향에서 포위를 하고 있었는데, 모든 방향에서 연기가 피어오르자 적잖게 소란이 일어났다.

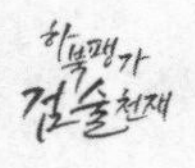

괴아가 외쳤다.
"말을 하지 말고 호흡을 멈춰라!"
그때 암제의 금륜이 허공으로 날아갔다.
그의 금륜이 천장의 어딘가를 가격했다.
챙!
그 소리와 함께 지하 공간에서 바람이 불어왔다.
그 바람은 바닥에서 흘러나왔다.
바람은 연기를 천장으로 몰았다.
천장에 바깥과 연결되는 통로가 있는지, 연기는 곧 빠져나갔다.
점점 연기가 빠지자 드디어 한빈의 모습이 드러났다.
사라진 한빈이 나타난 곳은 제갈세가의 식솔들이 모여 있는 곳이었다.
한빈의 계획은 간단했다.
그들을 데리고 이곳을 탈출하는 것이었다.
연기가 사라지자 한빈과 제갈세가 식솔이 있는 곳은 금방 들통났다.
괴아가 검지를 들어 그곳을 가리켰다.
"사부님, 저쪽입니다."
"알고 있다."
"잡아야 하지 않습니까?"
"잡아야지."

"그럼 어서……."

"닭 잡는 데 소 잡는 칼을 쓸 수는 없는 법."

암제는 금륜을 천장으로 날렸다.

암제가 날린 금륜은 천장을 향해 날아갔다.

팡! 파공성을 내며 날아가는 금륜은 그 기세가 평범하지 않았다.

괴아는 고개를 들어 금륜이 날아가는 방향을 살폈다.

그곳에는 괴아도 모르는 커다란 종이 매달려 있었다.

금륜은 힘들이지 않고 종에 부딪혔다.

뎅!

종이 청량한 소리를 내며 울렸다.

종과 부딪힌 금륜이 다시 돌아온다.

묘한 것은 돌아오는 속도가 처음 날아간 속도보다 더 빠르다는 것이었다.

암제는 금륜을 받아 들고는 조용히 한빈이 있는 쪽을 바라봤다.

한빈은 그 모습에 고개를 갸웃하고는 재빨리 자신이 왔던 통로로 빠져나가려고 몸을 돌렸다.

한빈이 제갈공영에게 말했다.

"따라오시지요."

"그쪽은 기관 장치 때문에 못 나간다네."

"괜찮습니다. 들어오면서 우리가 다 해체했습니다."

“해체하다니, 그게 무슨 말인가?”
그때 옆에서 그림자 하나가 나타나더니 끼어들었다.
“맞아요, 오라버니.”
“헉, 너는 공려 아니냐?”
“맞아요. 하북팽가의 사 공자님이 도와주셔서 여기까지 왔어요.”
“하북팽가라고? 대체…….”
제갈공영은 말을 잇지 못했다.
한빈의 정체에 대해서 납득하지 못하는 것이다.
구걸십팔보를 펼치기에 정파라고는 생각했었다.
하지만 하북팽가의 자제라고는 상상도 못 했었다.
거기에 더해 지금 사 공자라고 하지 않았던가?
‘사 공자라면…….
제갈공영은 이내 고민을 털어 냈다.
이제까지 행동으로 봐서 믿을 수 있는 것은 눈앞에 하북팽가의 사 공자밖에 없었다.
한빈이 누구든지 간에 지금은 그를 믿고 의지해야 했다.
그때였다. 한빈이 눈매를 좁혔다.
“뒤로 물러나시죠.”
“왜 그러나?”
제갈공영이 다급히 묻자 한빈이 검지로 통로의 끝을 가리켰다.

"지금 통로에서 고수들이 몰려오고 있습니다."

"생문(生門)는 그쪽밖에 없지 않은가?"

제갈공영이 제안하는 것은 간단하다.

암제와 괴아보다는 저곳에서 몰려오는 고수를 뚫고 나가는 것이 유리하다는 말이었다.

한빈이 고개를 작게 흔들었다.

"지금 저 생문이 사문(死門)이 되고 있습니다."

"사문이라니……."

제갈공영은 눈을 크게 떴다.

멀리 빛이 보이던 것이 없어지며 통로에서 굉음이 터졌기 때문이다.

쾅! 쾅!

마치 절구를 찧는 듯한 소리.

한빈이 말을 이었다.

"뒤로 피하십시오."

동시에 한빈 일행은 통로에서 떨어졌다.

통로에서는 복면을 쓴 고수들이 튀어나왔다.

마지막 사람이 튀어나오자 통로가 닫혔다.

쿵!

마치 위쪽에서 거대한 바위가 떨어진 듯 통로는 막혔다.

제갈공영은 그제야 한빈이 사문이라 했던 이유를 알 수 있었다.

저곳에서 복면인과 맞닥뜨렸다면 어떻게 되었을까?

눈 깜짝할 사이에 육포가 되었을 것이 분명했다.

그들이 뒤로 물러나자 복면인 중 하나가 한 발 나섰다.

한빈은 입맛을 다셨다.

복면인은 모두 세 명이었다.

복면인은 두렵지는 않았다.

하지만 철두철미한 암제가 뒤쪽에 있다는 것이 찜찜할 뿐이었다.

그때였다.

세 명의 적이 복면을 벗었다.

휙!

순간 모두가 눈을 크게 떴다. 물론 한빈도 적잖게 놀랐다.

적의 얼굴이 모두 똑같았기 때문이다.

헝겊으로 기워 놓은 듯한 얼굴.

모두 괴아와 똑같은 얼굴을 하고 있었다.

한빈은 힐끔 뒤를 돌아봤다.

그곳에서는 암제와 괴아가 웃고 있었다.

괴아가 두 팔을 벌리더니 외쳤다.

"형제여!"

괴아의 외침에 세 명의 복면인이 답했다.

"형제여!"

그때였다.

다른 방향에서도 똑같은 외침이 들려왔다.

"형제여!"

한빈은 목소리가 들리는 방향을 모두 확인했다.

한빈이 있는 방향을 포함해서 모두 네 곳에 똑같은 얼굴을 한 괴인이 있었다.

그들이 한곳에 섞인다면 괴아와 구분이 안 될 것이다.

순간, 제갈공려와 제갈공영은 조심스럽게 한빈을 바라봤다.

절망적인 순간에 믿을 것은 한빈밖에 없었다.

제갈공려는 고개를 갸웃했다.

한빈의 입꼬리가 슬며시 올라갔기 때문이다.

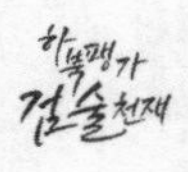

생사논검 (2)

한빈의 표정은 누가 봐도 이상했다.

한빈은 마치 사냥감을 발견한 듯 눈까지 가늘게 뜨고 있었다.

표정의 변화에는 물론 이유가 있었다.

그것은 새로 나타난 괴인들에게 나타나는 진청색 점 때문이었다.

이 정도면 완성 못 한 지급 초식을 완성하고도 다른 초식까지 추가할 수 있는 양이었다.

가장 먼저 한빈의 표정에 반응한 것은 설화였다.

"공자님."

"왜? 설화야."

"표정이 너무 이상해요."

"걱정하지 말아라."

"그런 표정 지을 때마다 일이 좀……."

설화는 말끝을 흐렸다. 원래는 꼬인다고 하려 했다가 말이 씨가 된다는 속담을 떠올리고는 재빨리 끊은 것이다.

한빈이 다 안다는 듯 고개를 끄덕였다.

"혹시나 해서 하는 말인데 내가 감당 못 할 적이라면 마지막 계획을 써라."

"삼십육계요?"

"그래, 그 후에 해야 할 일도 알고 있지?"

"……."

설화는 아무 말 없이 볼을 부풀렸다.

투정은 부리는 것은 아니었다. 한빈이 진심으로 걱정되어서였다.

한빈은 옆을 바라봤다.

"제갈공려 선배는 뒤쪽을 맡아 주십시오. 최대한 시간만 끌어 주시면 됩니다. 그리고 현문 아저씨는 좌측을 맡아 주세요. 힘이 달린다 생각되시면 무조건 제가 있는 쪽으로 몰고 오셔야 합니다. 가능한 한 모든 적을 몰고 오십시오."

제갈공려와 현문이 동시에 고개를 끄덕였다.

"알았어요, 팽 공자."

"나만 믿게."

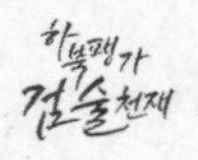

한빈이 다시 말을 이었다.
"꼭 제 쪽으로 몰고 오셔야 합니다."
"알겠네."
현문이 고개를 끄덕이며 제갈공려에게 턱짓했다.
순간 둘의 신형이 자리에서 사라졌다.
둘이 자리에서 사라지자 한빈은 설화에게 나지막이 말했다.
"설화야, 너는 우측에 있는……."
"제가 맡으면 되죠?"
"아니, 넌 우측에 있는 적을 처음부터 내 쪽으로 몰고 와라."
"네? 공자님이 그럼 여섯 명을 맡으시겠다고요? 저는 뭐 하고요?"
"너는 더 중요한 일을 해야 한다. 후각에 최대한 집중해서 나가는 문을 찾는 일 말이다."
"음, 아쉽지만, 알았어요. 공자님."
설화가 자리에서 사라지자 한빈은 월아를 다시 뽑았다.
스릉.
천장에서 수백 개의 야명주가 뿜는 빛을 머금은 월아는 그 어느 때보다 날카로운 기를 빛냈다.
앞에 월아를 겨눈 한빈이 한 발 나가며 외쳤다.
"들어와!"
하지만 그들은 움직이지 않았다.

마치 명령을 기다리는 듯 꼼짝하지 않았다.

그때였다.

지하 공간의 중앙에서 조용히 상황을 지켜보던 암제가 입을 열었다.

"전투를 허락한다."

동시에 괴인들이 등에 멘 거도를 뽑았다.

스릉.

괴아가 쓰던 거도와 비슷한 크기로, 성인의 신장만큼이나 길고 성인의 몸통만큼이나 굵었다.

일반 검으로 상대한다면 단번에 두 동강이 날 정도로 흉흉한 기세를 뿜는 거도였다.

그들의 거도를 자세히 보니 머리카락과 피가 묻어 있었다.

옆면에는 살점 같은 조각이 덕지덕지 붙어 있었다.

피를 닦아 내지 않는다면 병장기는 녹슬게 마련이었다.

그런데 저렇게 내버려 둔다는 것은 단 한 가지 경우밖에 없었다.

저 거도가 현철이나 만년한철로 만들어졌다는 것.

뭐, 천산의 천년흑철일 수도 있고 말이다.

적들은 준비성만큼이나 자금에서도 여유가 있다는 뜻이었다.

한빈은 검 자루를 쥔 손에 힘을 주었다.

그때 제갈공영이 조심스럽게 옆으로 다가왔다.

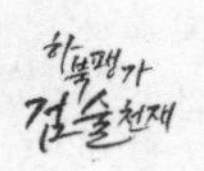

"나도 돕겠네."

적에게 집중하고 있던 한빈은 고개도 돌리지 않고 나지막한 목소리로 답했다.

"산공독에 당하셨지 않습니까?"

"음……."

"방해만 됩니다."

"아, 알겠네."

제갈공영이 떨리는 목소리로 답하며 고개를 끄덕였다.

십대세가의 가주로서 수치스러운 모습이었다.

하지만 그는 재빨리 표정을 수습했다.

지금 자신의 상황을 확실히 파악했기 때문이다.

그때 한빈이 말했다.

"가주님이 하셔야 할 중요한 일이 있습니다."

"그게 무엇인가?"

"파란 연기가 피어오르면 최대한 숨을 참으라 식솔들에게 전해 주십시오."

한빈은 이 말을 최대한 작게 말했다.

제갈공영도 한빈의 말을 듣고 조용히 고개를 끄덕였다. 왜 숨을 참으라고 하는지는 몰라도 목소리를 낮춘 것을 보면 반드시 지켜야 했다.

제갈공영은 재빨리 뒤쪽으로 빠져 식솔들 사이를 누비며 한빈이 말한 내용을 전달했다.

그러고는 힐끔 한빈 쪽을 바라봤다.

한빈은 아직 적과 마주한 채 서 있기만 했다.

한빈의 뒷모습을 보니 태산이 떠오르는 것은 왜일까?

저 젊은 나이에 태산이 떠오를 정도의 기세를 뿜는다고?

이건 말이 되지 않았다.

현재의 정파 무림삼존도 한빈의 나이 때 저런 성취를 보이지는 않았다.

놀라움도 잠시, 갑자기 여기에 쫓아온 저 젊은이가 안타까워졌다.

제갈공영은 지금 중앙에서 팔짱을 끼고 싸움을 구경하고 있는 암제와 한빈을 비교해 봤다.

둘 다 자신이 파악할 수는 없지만, 암제가 몇 수 위인 것 같았다.

만약 십 년 후 한빈이라면?

한빈이 당연히 암제보다 앞설 것이었다.

제갈세가 때문에 앞으로 정파의 무림삼존 중 하나가 될 젊은이의 목숨이 날아가는 것만 같았다.

제갈공영은 여기서 살아 나가지 못해도 하북팽가, 아니 사공자 한빈에게 빚을 졌다고 생각했다.

제갈공영의 떨리는 눈빛에도 아랑곳하지 않고 한빈은 저들이 가지고 있는 진청색 점에 집중했다.

여기서 구결을 최대한 끌어올려 안심하고 있는 암제와 상

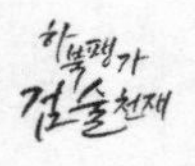

대한다.

물론 암제와 상대하는 것은 생문을 찾을 때까지였다.

한빈이 재빨리 초식을 떠올렸다.

'쾌검난마!'

필요 공력은 오 년으로, 마를 상대할 때 공격력이 십 할 증가하는 초식이었다.

동시에 구걸십팔보를 다시 펼쳤다.

공력이 아니라 속의 속성을 사용하기에 다른 초식에 무리를 주지 않는 기본 보법.

한빈은 그들에게 달려들며 노호성을 질렀다.

"이놈들!"

단 한마디였지만, 단순한 외침이 아니었다.

초식 허장성세를 담고 있는 사자후였다.

허장성세는 한빈의 경지보다 더 높은 사자후를 토해 내어 상대를 경직시키는 초식이었다.

용린의 기운이 목소리를 타고 괴인들의 귓가로 흘러 들어 간다.

그 목소리에 거도를 들고 있던 괴인들이 움찔하며 틈을 보였다.

한빈은 이것을 놓치지 않았다.

전광석화와 구걸십팔보가 조화를 이루며 괴인들의 사이를 누볐다.

서걱, 서걱.

한빈의 월아가 저항 불능의 상태에 빠진 적들의 요혈을 향해 치달았다.

누가 들었다면 한밤중 가위질 소리로 착각할 만큼 거침없었다.

물론 한빈이 노리는 요혈은 진청색 점이 일렁이는 곳이었다.

한빈이 그들을 지나치자 괴인들이 쓰러졌다.

털썩.

그들은 바람에 나부끼는 수수깡처럼 바닥에 뒹굴었다.

한빈은 조용히 허공을 바라봤다.

[용안으로 구결을 확인합니다.]

[지금 구결 파(破)를 획득하셨습니다.]

[……]

[지금 구결 검(劍)을 획득하셨습니다.]

세 명을 해치우고 구결을 획득했다.

점은 세 개였지만, 획득한 구결은 두 개.

"쩝."

한빈이 입맛을 다셨다.

그가 입맛을 다시는 이유는 간단했다.

구결을 획득한 것까지는 좋았지만, 멀리 있는 암제의 표정을 확인했기 때문이었다.

암제는 한빈이 내지르는 허장성세, 즉 사자후의 영향을 받지 않았다.

그때 쓰러졌던 괴인들이 천천히 일어났다.

그들의 표정을 본 한빈은 혀를 찼다.

괴아에게서도 느낀 거지만, 이들은 고통을 느끼지 못하는 것 같았다.

진청색 점이 일렁이는 곳은 정확히 요혈이었다.

한 놈은 한쪽 팔을 못 쓰고 한 놈은 한쪽 다리를 절룩인다.

다른 한 놈은 몸을 흐느적거린다.

그런데도 눈빛은 죽지 않았다.

그때였다.

용린검법의 비급이 반짝이기 시작했다.

한빈은 허공을 보며 괴인들을 향해 달려갔다.

서걱.

서걱.

한빈의 월아가 괴아들을 다시 쓸고 지나갔다.

[지급(地級) – 만(滿), 천(天), 파(破), 검(劍)]

이어서 뜨는 글귀.

[강호에 흩어진 용린검법의 초식을 발견했습니다. 지금 확인하시겠습니까?]

한빈은 계속 월아를 그어 나가며 고개를 끄덕였다.

동시에 이어지는 글귀.

[지급 초식 만천파검(滿天破劍)을 획득하셨습니다.]

[만천파검(滿天破劍). 당신이 깨뜨린 검의 조각이 하늘을 덮습니다. 만천화우도 만천파검에서 파생된 초식입니다. 검의 조각이 소나기가 되어서 떨어집니다. 그 소나기는 누구도 피해 가지 못합니다. 하지만 소나기의 위력은 검에 영향을 받습니다. 일 갑자의 공력이 필요합니다.]

만천파검이라?

거기에 만천화우의 조상 정도 되는 초식이라니!

놀라울 따름이었다.

한빈은 재빨리 전체적인 상황을 살폈다.

한빈이 지시한 대로 일행은 무리하지 않고 적의 심기를 건드리며 몰아오고 있었다.

상황을 살핀 한빈은 재빨리 눈앞에 있는 적들을 향해 몸을 돌렸다.

그러고는 바로 그들의 목을 향해 검을 겨눴다.

챙, 챙.

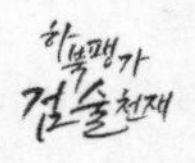

목을 썰고 지나가자 묘한 소리가 났다.

아마 목 쪽의 피부에 쇳조각을 심어 놓은 것으로 보였다.

한빈은 이번에는 심장을 노렸다.

챙. 챙.

마치 방패를 친 것 같은 묘한 소리가 난다.

한빈은 조용히 고개를 끄덕였다.

"그랬구나……."

그들을 괴아처럼 금강불괴로 만들 능력은 없지만, 다음 번에 목숨을 잃을 만한 신체 부위를 인위적으로 바꾼 것 같았다.

옆을 보니 제갈공영은 눈치 빠르게 한빈의 옆에서 멀리 떨어져 있었다.

한빈 쪽으로 설화가 몰고 온 괴인들이 달려오고 있었다.

그 괴인들의 뒤로는 당황하여 아무것도 못 하던 괴아의 수하들이 따라오고 있었다.

한빈은 슬쩍 제갈공려 쪽을 바라봤다.

그쪽도 마찬가지였다.

한빈의 쪽으로 괴인들을 몰고 오고 있었다.

세 방향에서 한빈 쪽으로 몰고 오자 지하 공간의 한쪽이 빽빽해졌다.

그 모습을 멀리서 지켜보던 암제가 코웃음을 쳤다.

"머리 좋은 놈인 줄 알았는데 자신의 힘을 과신하는구나."

"제 형제들로 괜찮겠습니까?"

"아마도 이번에는 못 벗어날 것이다. 네 형제는 너와는 달리 합격진만 수련하지 않았더냐. 상대하려면 각개 격파를 했어야지, 저렇게 한곳으로 몰고 오다니. 놈의 운도 여기가 끝이구나."

암제는 아쉬운 듯 한빈을 바라봤다.

잘 가지고 놀던 장난감이 부서진 것처럼 아쉬워하는 표정이었다.

그의 표정에는 진심이 드러나 있었다.

그들이 펼칠 것은 만상팔괘진.

열두 명 중 여덟이 팔괘의 방향을 점하고 중앙에 있는 적을 공격할 것이었다.

남은 인원은 지친 인원 대신 들어가 자리를 채운다.

그렇게 되면 열두 시진 넘게 팔괘진을 돌릴 수 있었다.

가운데에 있는 목표가 맞이할 문제는 이제부터였다.

팔괘진이 펼쳐진다면 여덟의 공력이 하나처럼 움직일 것이다.

그 여덟 명의 공력은 다시 여덟 배의 공격력으로 나타나고 말이다.

그러니 한 명이 내는 공력의 예순네 배가 될 것이었다.

그 정도의 공력이라면 암제도 받아 내기 힘든 상황이었다.

아쉬움도 잠시, 암제의 입가에 미소가 어렸다.

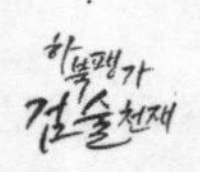

생명이 끊기지 않는다면 괴아의 형제로 만들 수 있기 때문이었다.

잘린 팔은 다른 팔로 이어 주고.

망가진 피부는 제갈세가 식솔의 얼굴을 포를 떠서 입혀 주면 그만이었다.

그렇게 계속 이어 붙이다 보면 정신도 굴복하게 마련.

괴아나 그의 형제도 그렇게 만들어진 괴물들이었다.

가운데에 한빈과 제갈공려 그리고 현문이 남은 상태.

현문이 말했다.

"이쪽은 내가 맡겠네."

"이쪽은 내가 맡을 테니 걱정하지 마세요, 팽 공자."

이제는 자신도 모르게 반존대의 말투를 쓰는 제갈공려였다.

자신의 가문을 위해서 아무렇지도 않게 목숨을 버리는 하북팽가 사 공자를 아무렇게나 대할 수는 없는 일이었다.

그때 한빈이 말했다.

"현문 아저씨와 제갈공려 선배는 이제 빠져 주시죠."

현문이 깜짝 놀라 물었다.

"지금 뭐라고 했나?"

한빈이 잽싸게 말을 이었다.

"피하십시오. 그리고 두 분 다 숨을 멈추십시오."

현문이 당황하며 다시 물었다.

"숨을 멈추라니……."

"지금 당장입니다!"

한빈의 말에 현문은 제갈공려의 소매를 잡고 자리를 벗어났다.

동시에 한빈의 주변을 중심으로 파란 연기가 피어났다.

갑자기 적군과 아군이 구별되지 않을 정도로 자욱한 연기가 깔리자, 여지없이 암제가 기관 장치를 가동했다.

휘획!

금륜을 날리자 다시 천장에 있는 기관 장치에 부딪혔다.

탁.

기관 장치가 다시 가동되자 파란 연기는 천장으로 빨려 들어갔다.

멀리서 이를 지켜보던 제갈공영은 연기가 다 없어지자 그제야 숨을 쉬었다.

그러고는 한숨을 길게 내쉬었다.

"허허, 낭패로구나."

그때 백색 무복을 입은 설화가 소리 없이 나타나 물었다.

"왜 낭패인데요?"

"어, 연막탄이 저리 힘없이 날아갔으니 팽 공자도 위험할 것이 아니더냐?"

"저게 연막탄으로 보이세요?"

설화가 고개를 갸웃하자 제갈공영은 이해가 안 된다는 듯 주변을 두리번거렸다.

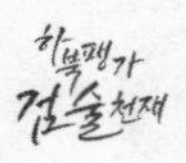

누가 봐도 연막탄 이외에 용도로 보이지는 않았다.

"연막탄이 아니라면 왜……."

"연막탄이라면 왜 숨을 참으라고 하셨을까요?"

"……."

제갈공영은 답하지 못했다.

그러지 않아도 그 점을 이상하게 생각하고 있었기 때문이다.

설화가 배시시 웃으며 어딘가를 가리켰다.

"저기 보세요."

설화의 시선을 따라 제갈공영은 파란 연기가 사라진 자리를 바라봤다.

그때 묘한 일이 일어났다.

괴인들을 따라온 괴아의 수하들이 동작을 멈춘 것이다.

하지만 거기까지였다.

어찌 보면 지금처럼 석상이 된 채 자리에 머물러 있는 것은 당연했다.

고수들 사이의 싸움에 저들이 낀다면 괴인들의 거도가 위력을 발휘하지 못할 수도 있었다.

그런데 이상한 것은, 그들이 자리 잡은 곳을 보면 포위망이 촘촘하지 않다는 점이다.

그때 제갈공영의 상념을 깨우는 목소리가 들려왔다.

"우리도 같이 생문을 찾아요."

"너도 왔구나. 그런데 저 친구는……."

"지금은 팽 공자의 말에 따르는 수밖에 없어요."

"그래, 일단 우리도 탈출로는 살피자꾸나."

둘의 대화에 현문도 끼어들었다.

"나도 돕겠소."

"감사합니다. 아까 들으니 현문이라 하던데 무당의 현문진인은 아시시겠죠?"

"외람되오나, 그 무당의 현문이 맞습니다."

"헉."

제갈공영은 적잖게 놀란 듯 입을 벌렸다.

동생 제갈공민로부터 들었던 무림에서 가장 조심해야 할 이름이 바로 현문진인이었다.

가능한 한 말을 섞지 말라는 것이 정의맹 군사로 있던 동생의 부탁이었다.

뭐, 동생의 말이 아니어도 현문은 무당제일의 골칫덩어리로 소문이 난 자였다.

그의 놀란 표정에는 아랑곳하지 않고 현문이 말했다.

"그보다 먼저 탈출로를 찾는 것이 중요할 것 같습니다. 너무 많은 인원이 움직이면 방해가 될지 모르니 말입니다."

"네, 알겠습니다."

제갈공영은 고개를 끄덕였다.

지금 봐서는 무당파의 골칫거리가 아니었다. 지금 그의 말투에서는 상서로운 기운마저 느껴졌다.

제갈공영은 고개를 세차게 흔들었다.

상대가 그 골칫덩이 현문이냐 다른 현문이냐 하는 것이 중요하지 않았다.

지금 중요한 것은 이곳을 탈출하는 것이었다.

적의 병력이 더 있을 수도 있고 암제의 무위가 이곳 모두를 몰살하고도 남아돈다 해도 이상치 않을 상황이었다.

제갈공영은 하얀 무복을 입고 앞장서고 있는 설화의 뒤를 따랐다.

설화는 마치 사냥개처럼 후각을 곤두세우며 조심스럽게 벽 쪽을 돌았다.

설화는 수상한 곳이 나타나면 바로 손짓했다.

"여기 좀 살펴 주세요."

설화가 말한 곳을 나머지 사람이 자세히 살핀다.

그들이 살피는 동안, 설화는 다시 앞으로 나가 탈출구가 있을 만한 곳을 가리킨다.

그들이 탈출구를 찾는 동안 암제는 그저 한빈에게 집중할 뿐이었다.

탈출구를 찾는 이들을 신경 쓸 필요가 없는 이유는 간단했다.

안에서 열 수 있는 문이 없기 때문이었다.

이곳을 처음 만든 것이 암제는 아니었지만, 이곳의 기관 장치를 손본 것은 그 자신이었다.

저렇게 눈에 불을 켜고 살기 위해 뛰어다니는 것은 암제가 보기에 헛수고였다.

그들이 발버둥 치면 칠수록 암제는 묘한 쾌감이 들었다.

그것이 바로 사냥의 묘미였다.

사냥감이 아무런 저항 없이 목을 길게 빼고 죽음을 기다린다면 그게 어떻게 사냥이 될 수 있겠는가?

살려고 버둥버둥 몸부림치는 놈들을 잡는 맛을 느끼려고 사냥을 하는 것이 맞았다.

그런 의미에서 탈출구를 찾는 이들은 암제에게 있어 살아 있는 장난감이었다.

물론 그보다 더 흥미로운 것은 한빈이었다.

만약 십 년 정도만 늦게 만났다면 자신이 위험했을 수도 있다는 것을 암제는 알고 있었다.

하지만 강호에서 그런 변명은 통하지 않는다.

자신이 무림인들에게 배신당했던 것처럼 말이다.

암제가 나지막이 외쳤다.

"한번 몸부림쳐 봐라!"

작은 목소리였지만, 내공이 실린 목소리는 한빈이 있는 곳까지 화살처럼 뻗어 나갔다.

그 목소리에, 한빈은 웃음으로 답했다.

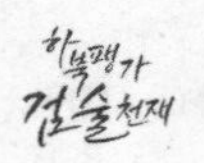

씩 웃은 한빈은 괴인들을 향해 말했다.

"다들 똑같이 생겼으니 순서는 신경 안 써도 되겠구나."

"미친놈, 형제들의 피는 몇 배로 갚아 주겠다."

괴인이 조각조각 붙인 듯한 입술을 씰룩였다.

그들의 대화 중에도 계속 공격과 방어가 오갔다.

챙! 챙!

여덟 개의 방위에서 내뻗는 거도.

방위에 따라 그들이 펼치는 초식이 달랐다.

남쪽과 북쪽에서는 횡으로.

서쪽과 동쪽에서는 종으로 거도를 내리쳤다.

그들의 거도를 피할 때쯤이면 동남과 남서에서 일직선으로 한빈의 가슴을 노리듯 거도가 뻗어 왔다.

한빈은 가볍게 그들의 거도를 흘려보냈다.

휙!

이것이 가능한 것은 전광석화와 구걸십팔보의 조화 덕분이었다.

한빈은 지금 구걸십팔보는 극성으로 펼쳐 날아오는 거도를 피하는 동시에, 전광석화를 통한 쾌검으로 다른 방향에서 날아오는 공격을 받아서 흘리고 있었다.

그들과 공방을 주고받는 한빈의 모습은 마치 한 폭의 수묵화처럼 수려했다.

하지만 문제는 그것이 아니었다.

이 상황에서 얼마나 견딜 수 있을까?

누가 봐도 이것이 이 승부의 관건이었다.

이런 공격과 방어가 언제까지는 이어질 수 없는 법이다.

일 대 다수의 대결에서 불리한 것은 한빈일 수밖에 없었다.

하지만 한빈의 눈빛은 마치 낚싯대를 드리운 강태공처럼 여유롭기만 했다.

챙! 챙!

계속해서 방어하던 한빈이 짙은 미소를 흘리며 주변을 돌아봤다.

드디어 때가 된 것이다.

한빈이 외쳤다.

"서로 죽여라!"

그 외침에 괴인이 거도를 일도양단의 기세로 내리치며 말했다.

"미친놈, 너나 뒈져라."

하지만 그의 거도는 한빈에게 닿기 전에 멈췄다.

뒤쪽에서 살기를 느꼈기 때문이다.

괴인은 갑작스러운 상황에 뒤쪽을 힐끔 바라봤다.

괴인의 기괴한 얼굴이 일그러졌다.

뒤쪽에서는 말도 안 되는 상황이 벌어진 것이다.

초절정의 무사들이 눈을 까뒤집고 서로에게 검을 마구 휘

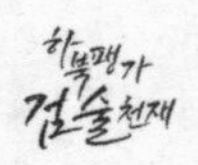

두르고 있었다.
그중 하나가 괴인을 향해 검을 뻗어 오는 중.
괴인은 망설임 없이 그의 목을 향해 거도를 그었다.
휙!
털썩.
검을 뻗어 오던 아군의 목이 바닥에 데구루루 굴렀다.
그때, 근래에 느껴 보지 못한 감정이 살짝 꿈틀거렸다.
그것은 바로 위기감.
고통은 느끼지 못하지만 분위기까지 느끼지 못하는 것은 아니었다.
상대의 기세나 분위기까지 못 느낀다면 그것은 무인에게는 치명적이었다.
고통이라는 감각은 제거되었지만, 전투에 필요한 감정은 그대로 남아 있었다.
괴인은 재빨리 몸을 돌렸다.
하지만 이미 늦은 듯 옆구리 쪽에서 위기감의 결과가 나타났다.
푸숙!
그 소리와 함께 괴인의 옆구리에서는 폭포수처럼 핏물이 터졌다.
동시에 괴인의 움직임이 느려졌다.
고통은 못 느끼더라도 옆구리의 치명상에 신체 능력이 떨어지기 시작한 것.

한빈은 그 기세를 그대로 몰아서 계속 괴인들에게 치명상을 날렸다.

'일촉즉발!'

한빈의 월아가 괴인들의 허벅지, 복부, 어깨를 차례대로 썰고 지나갔다.

하지만 괴인들은 좀처럼 한빈에게 집중하지 못했다.

그들의 뒤에는 눈에 초점을 잃고 강시처럼 달려드는 괴아의 수하들이 있었기 때문이다.

그들이 혼란에 빠진 이유는 간단했다.

그것은 한빈이 던진 두 번의 연막탄 때문이었다.

첫 번째 연막탄만으로는 효과가 없었지만, 두 번째 연막탄에 들어 있는 성분과 섞이자 그들이 반응하기 시작한 것이다.

그 반응은 바로 환각이었다.

괴아의 수하들이 저리 날뛰고 있는 것은 바로 환각을 보고 있기 때문이었다.

그들의 눈에는 모두가 적으로 보였다.

만상팔괘진을 펼치고 있는 괴인들은 안쪽에서는 한빈의 공격을 막아야 했고 밖에서 미쳐 날뛰는 무사들까지 신경 써야 했다.

만상팔괘진은 안쪽에 적을 가두고 수십 배의 공격을 중첩

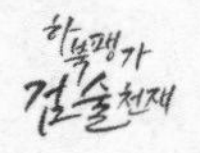

해 피해를 일으키는 데 특화된 합격진이었다.

밖에서의 공격은 속수무책.

그때였다.

한 괴인의 눈에 초점이 흐려지기 시작했다.

그러더니 거도를 같은 편에게 휘둘렀다.

"아악! 죽어라!"

갑자기 일어난 상황에 괴인들의 눈이 커졌다.

괴인 중 하나가 외쳤다.

"모두 운기조식 하라! 독이다!"

"우린 독에……. 억."

다른 괴인이 어깨를 잡고 부르르 떨었다.

그들의 대화에 한빈이 끼어들었다.

"독이 아니라 환각제."

"환각제라고?"

"고통도 느끼지 못하는 놈들인데 독에 대한 대처가 없을 리 없지. 그런데 말이야, 환각제는 독이 아니야. 다들 극락, 아니 지옥으로 가거라."

"비겁한 놈."

"칼에 묻은 남의 살점도 털어 내지 않는 짐승 같은 놈들에게 이런 말을 듣다니……. 네놈 손에 죽어 간 힘없는 자들의 원한이라 생각해라."

"으윽……."

비명이 입에서 터져 나올 때 한빈의 검이 그의 눈동자를 훑었다.

사삭!

동시에 괴인의 시야가 어두워졌다.

지하 공간은 그야말로 혼란의 도가니가 되었다.

물론 그 혼란에서 한빈은 아무렇지 않게 벗어났다.

그러고는 구석에서 기대어 숨을 골랐다.

잠시 숨을 돌린 한빈은 소매로 월아에 묻은 피를 닦아 내며 그들이 벌이는 살육을 감상했다.

표정이 한계까지 일그러지는 것을 보면 아마도 공포라는 감정이 아직 남아 있는 것 같았다.

이것이 천벌일까?

저들이 죽인 힘없는 자들이 얼마나 될까?

상념도 잠시, 한빈은 자신의 소매를 바라봤다.

소매는 노란색이 섞인 피로 얼룩져 있었다.

한빈은 괴인들과 싸움 전에 처음 터뜨렸던 연막탄에 섞여 있던 성분을 월아에 묻혔다.

한빈의 검에 당하기 전에 이미 두 번째 성분을 들이켰으니 그들이 환각제에 중독된 것은 어찌 보면 당연한 일이었다.

한빈은 천천히 설화를 찾았다.

설화는 구석구석 탈출구를 찾다가 잠시 멈칫하고 한빈을 보고 있었다.

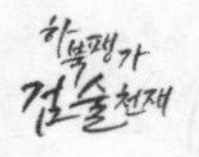

갑작스럽게 벌어진 일들이 생각보다 과격해서였다.

한빈이 어떤 일을 벌일지 설화는 알고 있었다.

하지만 이렇게 대규모로 살상이 벌어지리라고는 상상도 못 했다.

설화는 규모에 놀랐지만, 나머지 사람들은 참담한 광경에 고개를 돌렸다.

그때 현문이 나지막이 도호를 외쳤다.

"원시천존이시여……."

"현문 아저씨, 우리 코가 석 자예요."

"아, 그렇구나. 설화야."

말을 마친 설화는 주변을 살피기 시작했다.

그러고는 눈매를 좁혔다.

"일단 따라오세요. 이제 저곳이 마지막이에요."

설화가 멀리 떨어져 있는 석상 하나를 가리켰다.

모두는 재빨리 설화를 따라 문을 막고 있는 듯한 석상 쪽으로 다가갔다.

석상에 다가간 설화는 고개를 갸웃했다.

어디에도 문을 열 수 있는 장치가 없었기 때문이다.

설화는 난감한지 입맛을 다셨다.

"흠, 분명히 여기가 마지막인데 문을 여는 장치는 없네요."

"내가 보기에도 그렇구나. 바람이 흘러나오는 것으로 봐서 통로가 확실하긴 한데……."

제갈공영은 말끝을 흐렸다.

뒤쪽에서 병장기 부딪치는 소리가 더욱 격렬해졌기 때문이었다.

제갈공영은 시선을 돌려 전투 광경을 확인했다.

괴인 중 대부분은 눈이 멀어 있었다.

그들에게는 적군과 아군에 대한 구별이 없었다.

그저 분노에 칼을 휘두를 뿐이었다.

그 원인을 제공한 한빈은 구석에서 조용히 전투 준비를 하고 있었다.

저것은 말도 안 되는 전투 방식이었다.

마교보다 더 악랄하고.

사파보다 더 사악한 전술이었다.

정파에서는 생각지도 못할 발상이었다.

대체 누가 저런 괴물을 만들었을까?

제갈공영의 상식으로는 저런 괴물을 만들 집단은 현 강호에 존재하지 않았다.

마교나 사파는 아닐 것이 분명했고.

하북팽가는 더욱 아니었다.

게다가 저 시녀는 대체 뭐란 말인가?

몇십 년을 강호에 몸담은 자신보다도 더 침착하다는 것은 있을 수 없었다.

잠시 상념에 잠겼던 제갈공영을 깨운 것은 내공이 담긴 웃

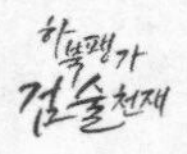

음소리였다.
"하하하."
그 웃음소리에 제갈공영이 고개를 돌렸다.
소리가 나는 쪽을 확인한 제갈공영의 눈빛이 살짝 떨렸다.
그 웃음의 주인공은 바로 암제였다.
제갈공영은 아차 하는 눈빛으로 마른침을 삼켰다.
그 모습에 암제가 비웃음 가득한 표정으로 말했다.
"지금 들켰다고 생각하는 것이냐?"
"……."
"그렇게 생각했다면 나를 물로 본 것이고……."
"아니란 말이오?"
"너는 바가지 속 파리가 발버둥 치면 신경을 쓰더냐?"
"우리가 파리란 말이냐?"
"파리는 희망이라도 있지. 너희에게 과연 희망이 있을까?"
말을 마친 암제는 설화를 가리켰다.
"그 문이 안에서 열릴 것 같더냐?"
"그걸 할아버지가 왜 신경 써요?"
설화는 암제를 놀리듯 입술을 쭉 내밀었다.
하지만 암제는 어이가 없다는 듯 웃음을 토해 냈다.
"허허, 주인이나 시녀나 말버릇이 고약한 건 똑같구나."
"그럼 내가 우리 공자님을 닮지, 누굴 닮아요?"
"그래, 누굴 닮았는지 사냥개와도 같은 후각을 지녔구나.

너도 내 수집품 속에 넣어 주마.”

암제의 말은 의미심장했다.

수집품이란 자신의 수하들이 분명했다.

천으로 덕지덕지 기운 듯한 그들의 외모를 봤을 때는 소름 끼치는 말이었다.

하지만 설화는 아무렇지 않게 피식 웃으며 답했다.

“수집품은 재네로 그냥 만족하고 우리 일에는 신경 쓰지 마세요.”

말을 마친 설화는 계속 석상을 살폈다.

그때 암제가 웃음기 가득한 목소리로 말을 이었다.

“그 문은 열리지 않는다고 해도.”

“저랑 내기할래요?”

설화가 돌아서더니 팔짱을 꼈다.

암제도 흥미가 동한 듯 설화를 바라봤다.

“내기라? 좋지. 너는 무엇을 걸 테냐?”

“저는 문이 열린다는 것에 제 오른팔을 걸게요.”

“파리의 다리라……. 그렇다면 나는 내 수염 하나를 걸도록 하지.”

“제가 손해 보는 것 같지만, 할 수 없죠.”

“그럼 언제까지 시간을 주면 되겠느냐?”

암제가 눈매를 좁히자 설화가 찻잔을 잡는 시늉을 하며 답했다.

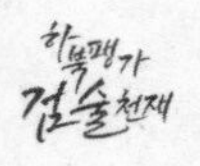

“그냥 차 한 잔 마실 시간 정도면 충분해요.”

“하하하, 시간을 벌려는 속셈…….”

암제는 말을 멈췄다.

석상 위에서 소량의 흙이 떨어졌기 때문이다.

투득.

석상이 흔들리는 묘한 소리까지 들렸다.

옆에서 제갈공영도 무슨 일인지 모르겠다는 듯 눈을 크게 떴다.

기관진식에 능한 그였기에 암제의 말이 정확하다는 것을 알고 있었다.

이 석상이 통로는 맞지만, 안에서 열 방법은 없었다.

만약 있다고 해도 이 근처가 아닌 천장 어딘가에 장치를 만들어 놨을 것이다.

하지만 제갈세가의 식구들은 모두 산공독에 당한 상태.

설화를 도와 천장에 있는 장치를 찾을 힘은 남아 있지 않았다.

그런데 아무 일도 하지 않았는데 석상이 흔들리고 있었다.

도저히 이해가 안 되는 상황에 눈만 크게 뜰 뿐이었다.

그때 모두의 눈이 커졌다.

덜컹!

석상이 문처럼 열렸다.

앞쪽에서 장치를 찾던 설화는 빙긋 웃으며 뒤쪽으로 폴짝

하고 물러났다.

열린 틈 사이로 누군가가 고개를 빼꼼히 내밀었다.

설화가 재빨리 다가가 말했다.

"청화야, 다녀왔구나."

"네, 갔다 왔어요."

"통로는?"

"이곳에서부터 쭉 뻗어 있어요. 정의맹의 고수들은 두 시진은 있어야 도착할 거예요."

"그래, 수고했다."

말을 마친 설화는 청화의 머리를 쓰다듬었다.

누가 봐도 친자매 같은 모습에 제갈공영은 고개를 갸웃했다.

모두가 놀라고 있을 때 설화가 말을 이었다.

"현문 아저씨는 입구가 막히지 않게 석상을 고정해 주시고, 제갈 언니는 현문 아저씨를 보호해 주세요. 그리고……."

설화는 말끝을 흐리며 인원을 살폈다.

설화와 시선이 마주친 제갈공영이 물었다.

"우리도 도와주마."

"제갈세가 중 초절정 이상은 남으시고 나머지는 재빨리 문으로 튀세요."

"그게 무슨……."

"시간 없으니 제가 말한 대로 하세요."

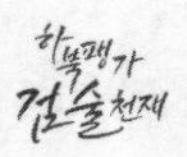

그때였다.

거대한 그림자가 설화의 앞쪽으로 날아왔다.

팡!

그림자가 만든 파공성을 향해 설화가 짓쳐 들었다.

쾅!

그림자와 설화가 부딪쳤다.

그 모습에 제갈공영이 눈을 크게 떴다.

설화의 무위가 놀라웠기 때문이다.

그때 석상이 움직이지 않게 막아서고 있는 현문을 향해 금륜이 날아왔다.

드드득!

묘한 소리를 내며 날아오는 금륜은 제갈공려가 막아섰다.

챙!

제갈공려의 손에 부딪힌 금륜이 빠른 속도로 암제의 손으로 돌아갔다.

제갈공영은 정신이 번뜩 들었다.

그는 제갈세가의 가주답게 재빨리 지시를 내렸다.

"내가 지정한 사람을 제외하고는 모두 통로를 통해 빠져나가라."

"존명."

식솔들이 포권하며 열린 문으로 들어가기 시작했다.

앞쪽에 있는 청화는 통로 앞에서 그들의 손을 잡아 주었다.

설화가 괴아를 막아서고 있는 상황.

제갈공영은 힐끔 암제를 바라봤다.

암제는 의자에 앉은 채 두 손에 금륜을 들고 있었다.

"밖으로 나간다고 살 수 있을까?"

암제의 말에 제갈공영의 가슴이 덜컥 내려앉았다.

산공독에 중독된 채 적을 맞이한다면?

그러고 보니 지하에 가둬 놓고 제갈세가를 장난감 취급 하던 암제가 이렇게 자신들을 놓아줄 리 없었다.

산공독만 아니라면 어찌해 볼 방법이 있겠지만, 중독된 제갈세가의 식솔들이 죽음을 피해 갈 방법은 없었다.

제갈공영의 표정이 살짝 일그러졌다.

동시에 빠져나가려는 식솔을 향해 고개를 돌렸다.

"다들 잠시……."

하지만 제갈공영은 말을 맺지 못했다.

청화가 제갈공영의 손을 잡았기 때문이었다.

다른 이들이 봤을 때는 별 의미 없는 행동이었다.

그러나 청화가 손을 잡자, 제갈공영의 혈맥에 묘한 기운이 흘렀다.

정체불명이 기운이 몸 안으로 들어오더니, 낙엽을 쓸어 담듯 몸 안에 특정한 기운을 한 곳으로 몰고 있었다.

놀란 제갈공영이 말했다.

"흡정대법?"

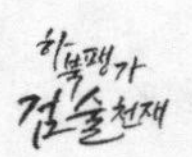

"좀 조용히 하세요, 가주님."
"대체……."
"그냥 모른 척하세요."
말을 마친 청화는 제갈공영에게 떨어졌다.
그러고는 다른 이의 손을 잡았다.
순간 제갈공영은 적과 대치 중이라는 것도 잊고 머리가 멍해졌다.
갑자기 내공이 돌아왔기 때문이었다.
몸을 잠식하고 있던 산공독이 모두 사라진 것이 분명했다.
진기가 청화의 손으로 빨려 들어가길래 내공을 흡수하는 사이한 무공인 줄 알았는데, 알고 보니 산공독만 빼 간 것이었다.
몸속에 든 독만 빼낼 수 있는 무공은 세상에는 없었다.
하지만 그런 체질을 타고난 이에 대해서는 들어 본 적이 있었다.
'사천당가의 공독지체…….'
제갈공영은 그 생각을 입 밖으로 내지 않았다.
적에게 아군에 관한 정보를 줄 수는 없었다.
제갈공영은 문밖으로 나가는 사람들의 눈을 바라봤다.
그들 모두 정상으로 돌아온 것이 분명했다.
어둠 속에서도 빛나는 안광이 증거였다.
제갈공영은 처음으로 입가에 미소를 보였다.

제갈세가의 사람들이 밖에서 당할 리는 없다고 생각했다.

내공을 찾은 저들은 진법과 기존의 지형을 이용해서 적에게 몸을 지킬 수 있을 것이다.

정의맹의 고수들이 온다는 두 시진 정도는 말이다.

제갈공영의 표정에는 아랑곳하지 않고 청화는 아무렇지 않게 나머지 사람들의 몸에서 산공독을 빼내었다.

그때였다.

두 개의 금륜이 날아왔다.

제갈공려는 이를 악물었다.

첫 번째로 날아온 금륜을 막고 나서 손아귀가 찢어졌다.

금륜에 담긴 내력은 상상도 하지 못할 정도였다.

그런데 두 개가 한 번에 날아온다면.

하나는 검으로 막고 하나는…….

그냥 몸으로 막아야 할 듯싶었다.

제갈공려가 기합을 내질렀다.

"덤벼!"

이것은 악다구니에 가까웠다.

이어서 들리는 날카로운 소리.

챙!

첫 번째 금륜을 막아 낸 것이다.

그때였다.

챙!

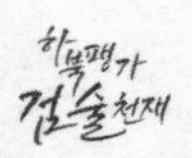

다시 금륜과 검이 부딪치는 소리가 들렸다.

힐끔 옆을 보니 그녀의 오라버니이자 가주인 제갈공영이 검에서 푸른 진기를 뿜어내며 앞을 막아서고 있었다.

제갈공영은 금륜을 쳐 낸 뒤 설화와 대치하고 있는 괴아에게 달려들었다.

그때 제갈공영의 아들인 제갈명과 제갈수도 합공에 손을 보탰다.

제갈공영은 괴아를 공격하면서도 아래쪽에 있는 암제를 바라봤다.

다행히 암제는 의자에 앉은 채 생각에 빠진 듯 금륜을 매만지고 있었다.

상황은 자신에게 유리하다고 제갈공영은 판단했다.

암제가 저리 고민하는 이유는 간단했다.

혼자서는 움직일 수 없었다.

내공으로 바퀴를 움직일 수 있다고 하지만 몇 개의 턱이 있는 지하 공간의 위쪽까지 의자를 이동할 수는 없을 것이다.

조심할 것은 아래쪽에서 던지는 금륜밖에 없다는 것이 제갈공영의 판단.

제갈공영은 한빈이 있는 쪽을 바라봤다.

괴인들은 약효가 다 되었는지, 한두 명씩 서로를 난도질하던 것을 멈췄다.

한빈은 환각에서 벗어나려는 괴인들을 공격하고 다시 구

석으로 돌아가는 것을 반복했다.

지금은 전투에 지친 듯 앉아서 운기조식을 하고 있었다.

물론 그것은 제갈공영의 착각이었다.

한빈은 지금 운기조식을 하는 것이 아니었다.

눈앞에 가득 쌓인 구결을 확인하는 중이었다.

[용안으로 구결을 확인합니다.]

[지급 구결 일(一)을 획득하셨습니다.]

[지급 구결 장(長)을 획득하셨습니다.]

[지급 구결 난(亂)을 획득하셨습니다.]

[……]

쌓인 구결은 벌써 아홉 개였다.

그런데 새로운 초식은 나오지가 않았다.

한빈이 의문을 피워 내고 있을 때, 용린검법의 비급이 질문에 답하듯 다시 글귀가 나타났다.

[현재 수집한 구결은 서로 연관이 없습니다.]

한빈은 어이가 없는 듯 입맛을 다셨다.

"쩝, 쓸모없게……."

하지만 한빈은 내뱉던 혼잣말을 멈췄다.

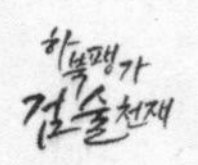

그것은 새로운 글귀 때문이었다.

[연관성이 없는 열 개의 구결로 상위 구결을 개방할 수 있습니다.]

뭐지?
한빈은 자신도 모르게 고개를 끄덕였다.
그때 다시 글귀가 바뀌었다.

[연관성이 없는 구결 지급 구(九) / 지급 십(十)]

순간 한빈은 재빨리 고개를 돌려 괴인을 살피기 시작했다.
괴인의 몸에서 일렁이고 있는 진청색 점.
그런데 문제는 그 괴인이 다른 괴인의 공격을 받고 있다는 점이었다.
죽게 되면 구결이 없어질 터.
한빈은 재빨리 몸을 날렸다.
"내 것이다. 건들지 마!"
말을 마친 한빈은 재빨리 용린검법의 초식을 펼쳤다.
'일촉즉발!'
월아와 하나가 된 한빈의 몸이 허공을 갈랐다.
주변을 의식하지 않고 멀리서부터 일촉즉발을 사용하는 이유는 간단했다.

한빈의 마음이 급했기 때문이다.

한빈은 마지막 글귀를 보는 순간, 지금이 바로 하늘이 준 기회라는 확신이 들었다.

한 단계 더 상위의 구결을 열 수 있다면 그것은 강호에서 흔히 말하는 벽을 뛰어넘는 것과 같았다.

벽을 뛰어넘는다는 의미는 무엇일까?

단순한 무학에 대한 갈망은 아니었다.

현실적으로 지금 이 대결에서 생존 확률을 높여 준다는 뜻과도 같았다.

설화의 청화 그리고 나머지 모두의 생명까지 걸려 있는 일이었다.

한빈의 월아가 상대의 진청색 점과 점점 가까워진다.

다섯 걸음.

네 걸음.

한빈이 눈을 크게 떴다.

앞에는 환각에서 벗어나지 못하고 있는 괴인 둘이 생사결을 벌이고 있었다.

그중 하나의 괴인에게 구결을 나타내는 진청색 점이 보였다. 그러나 하필이면 진청색 점을 가진 괴인의 상태가 위태로웠다.

잘못하면 진청색 점을 가진 괴인의 목이 떨어져 나갈 것 같았다.

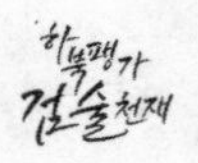

'백발백중.'

한빈은 품에서 은침을 꺼냈다.

그러고는 바로 진청색 점을 가진 괴인의 목을 베려고 달려드는 놈을 향해 날렸다.

은침이 용린의 기운을 품고 쏜살처럼 날아갔다.

파박!

은침이 눈에 박히자 상황이 역전되었다.

서걱!

진청색 점을 가진 괴인이 상대의 목을 베었다.

데구루루.

동시에 한빈이 진청색 점을 향해 파고들었다.

한빈의 월아가 진청색 점을 꿰뚫었다.

푹!

서로가 물고 물리는 접전 속에 승리자는 한빈이었다.

한빈은 재빨리 뒤로 물러나 글귀를 확인했다.

[용안으로 구결을 확인합니다.]

[지급 구결 상(上)을 획득하셨습니다.]

[지급 구결 일(一), 장(長), 난(亂) …… 상(上)]

[연관성이 없는 구결 지급 십(十) / 지급 십(十)]

[용린검법의 주인이 새로운 깨달음을 얻었습니다. 깨달음에 필요한 시간 일각.]

뭐지?

한빈은 황당하다는 표정으로 허공을 바라봤다.

의문도 잠시 새로운 글귀가 나타났다.

[잠시 후, 깨달음에 필요한 시간이 진행됩니다.]

[십(十)]

[구(九)]

[……]

갑자기 나타나는 숫자.

한빈이 결정을 내리기도 전에 숫자는 빠르게 줄어들었다.

[오(五)]

[……]

한빈은 이것이 일종의 시험임을 직감했다.

깨달음을 위한 시험이라면 언제든 받아들일 준비가 되어 있었다.

하지만 시험을 내리는 시기가 묘했다.

여기에서 무아지경에 든다면?

백이면 백, 목이 달아날 것이 분명했다.

한빈은 최대 속도로 아수라장에서 멀어졌다.

파바박.
최대한 구석으로 간 한빈이 가부좌를 틀었다.
동시에 숫자가 바뀌었다.

[일(一)]
[깨달음의 시간이 시작됩니다.]

순간 한빈의 몸이 마혈을 제압당한 것처럼 멈췄다.
하지만 몸만 굳었을 뿐 정신은 그대로였다.
마치 시간이 멈춘 것처럼 모두의 행동이 느려지기 시작했다.
지하 공간의 가운데에 앉아 웃고 있는 암제의 모습도.
멀리서 이곳을 탈출하려고 괴아와 싸우고 있는 설화의 모습도.
환각에 사로잡혀 서로를 죽이는 괴인들의 모습도 말이다.
채-에-앵!
그들 사이에 울리는 병장기 소리까지 엿가락 늘어지듯 느리게 들려왔다.
이것이 깨달음인가?
분명 이전과는 다른 경험이었다.
무아지경에 든다면 본래의 감각은 철저히 차단되게 마련이었다.

그런데 모든 감각이 전보다 더 열린 느낌이었다.

이것은 용린검법의 주인만이 느낄 수 있는 기이한 깨달음일 터.

용린검법이 이런 깨달음을 통해서 가르쳐 주려는 것은 무엇일까?

그때였다.

환각에서 깨어난 몇몇 적들이 아수라장에서 빠져나왔다.

그들은 주변을 둘러보며 눈을 빛내고 있었다.

누가 봐도 자신들을 그렇게 만든 한빈을 찾는 듯 보였다.

이 상황은 눈 깜빡할 사이에 일어난 일이지만, 한빈의 눈에는 마치 반 시진처럼 느껴졌다.

그만큼 한빈의 눈에 비친 시간이 느리게 흘러가고 있었다.

그들 중 둘이 천천히 한빈에게 다가왔다.

그들의 동작을 보면 뛰어오는 것이 분명한데 한빈은 느릿느릿 걸어오는 것처럼 느꼈다.

한빈은 허장성세를 다시 한번 쓰기 위해 재빨리 초식을 떠올렸다.

하지만 진기가 돌지 않았다.

적은 한빈을 향해서 점점 다가왔다.

그때 한빈의 머릿속에 한 가지 가정이 떠올랐다.

적에게 보이는 초식과 보이지 않는 초식.

적에게 보이지 않는 초식은 한빈의 몸에서만 맴도는 초식들이었다.

그 초식들의 특징은 특별한 동작 없이도 생각만으로 발동된다는 것이다.

그렇다면 깨달음의 시간이라는 이 조건 속에서 쓸 수 있을 것이다.

한빈은 재빨리 이화접목의 수법을 떠올렸다.

'자승자박.'

순간 한빈의 몸 주변에 은은한 기운이 감돌았다.

몸 주변에서 피어난 은은한 기운들은 마치 꽃봉오리와도 같았다.

그것이 점점 벌어지더니 하나의 글자를 만들었다.

한빈은 그제야 느꼈다.

용린의 기운이 자신의 몸에서 나타날 때는 글자의 형태로 나타남을 말이다.

너무 빨리 생기고 없어지고를 반복해서 그저 용린의 기운이라는 단어로밖에 인식하지 못한 것이다.

자승자박의 초식이 한빈의 온몸을 감싸자 한빈은 속으로 쾌재를 불렀다.

그때였다.

두 명의 적들이 한빈을 향해 검을 들었다.

그러고는 바로 내리그었다.

휘-익.

파공성마저도 엿가락처럼 늘어져 들렸다.

사실 일도양단의 기세로 내려치는 그들의 모습은 느리기에 더욱 두려웠다.

이렇게 두려움을 느껴 본 것이 얼마 만이던가?

한빈은 속으로 피식 웃었다.

죽이지 못하면 자신이 죽는 것이 강호의 싸움이었다.

저들이 악인이라고 하지만 저들에게는 상대를 죽일 권리가 있었다.

물론 상대가 강하다면 자신의 목을 내놔야 하지만 말이다.

한빈의 몸에 그들의 검이 닿으려 할 때였다.

한빈은 그들의 검이 향하는 곳을 유심히 관찰했다.

그들은 둘 다 한빈의 목을 노리고 있었다.

한빈은 재빨리 초식 하나를 더 떠올렸다.

'금상첨화.'

금상첨화는 용린검법의 초식 중 신체 강화 수법이었다.

금상첨화로 강화한 것은 바로 머리.

금상첨화의 초식을 떠올리자 자승자박의 기운 위로 금상첨화의 기운이 섞인다.

한빈은 이 초식으로 머리와 목을 보호하기로 한 것이었다.

점점 다가오던 검이 한빈의 목에 닿았다.

타-아-앙.

순간 찌릿한 감각이 한빈의 몸을 관통했다.

그것은 바로 고통이었다.

고통을 이렇게 느낄 수 있다는 것은 어찌 보면 일생에 없을 기회였다.

한빈은 고통마저도 천천히 음미했다.

신기한 일은 어떻게 고통이 머리로 전달되는지가 이제는 훤히 보인다는 점이었다.

그때였다.

검이 천천히 한빈의 목에서 튕겼다.

동시에 자승자박의 기운이 놈들의 검에서 손으로.

손에서 심장으로.

심장에서 머리로 흘러 들어간다.

순간 적들의 눈이 천천히 커졌다.

터져 나오는 비명.

아악!

한빈은 그제야 속으로 안도의 한숨을 내쉬었다.

몸을 움직이지 않고 적을 제압할 수 있었던 것은 행운이었다.

그때였다.

멀리 있던 암제가 고개를 돌렸다.

지금의 광경을 보고 흥미가 동한 듯 입맛을 다시는 암제.

한빈은 그의 눈빛을 보고 한숨을 내쉬었다.

암제가 타고 있던 의자의 쇠바퀴가 천천히 움직인다.

끼-이-익!

한빈은 눈을 가늘게 떴다.

몸은 움직이지 않지만, 청력이 평상시보다 몇십 배는 는 상태였다.

물론 시력도 마찬가지였다.

한빈의 눈에는 이전에 못 봤던 것들이 들어왔다.

암제가 탄 의자의 바퀴가 예사롭지 않았다.

그것은 천년흑철로 만든 바퀴가 분명했다.

저 정도의 양이라면?

아마 유명한 상단의 재산을 모두 팔아도 모을 수 있을까 말까 하는 양이었다.

대체 저 많은 재산을 어떻게 모은 것일까?

그것도 신분을 숨기면서 말이다.

천천히 살펴보니 암제가 드러내지 않은 힘은 더 어마어마할 것만 같았다.

끼-이-익!

철판 긁는 소리를 내며 한빈에게 다가오는 암제.

그 소리에 멀리서 싸우고 있던 설화가 반응했다.

소리가 나는 곳에는 암제가 있었다.

그의 시선이 향하는 곳에는 한빈이 있었는데, 무슨 일인지는 몰라도 무아지경에 들어 있었다.

설화는 괴아의 거도를 걷어 내며 재빨리 청화를 불렀다.

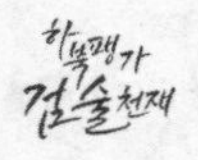

"청화야."
"왜요? 언니."
"공자님을 좀 봐!"
"헉."
청화도 한빈의 상태를 확인하고는 입을 벌렸다.
설화의 외침 때문에 제갈공려와 제갈공영의 검도 멈칫했다.
그런데 그들을 공격하던 괴아도 뒤쪽으로 물러났다.
고개를 돌린 괴아가 암제를 바라보더니 떨리는 목소리로 말했다.
"사부님이 손을 직접 쓰시다니……."
괴아는 다른 의미에서 놀라고 있었다.
치열했던 결전 속에 잠시 숨을 돌릴 틈이 생겼다.
그때였다.
괴아가 몸을 돌렸다.
눈앞에 있는 설화와 다른 이들은 필요 없다는 듯 한빈을 보며 입맛을 다셨다.
순간 설화가 청화에게 말했다.
"못 가게 잡아."
"지금요?"
"보여 줘도 괜찮아."
설화의 말에 청화의 기세가 변했다.

청화의 몸에서 일렁이는 묘한 기운.

자리를 뜨려던 괴아도 걸음을 멈췄다.

괴아가 거도를 올리고 다가오는 청화를 맞이할 준비를 하자, 뒤쪽에 있던 제갈공영이 청화를 말리려 했다.

"지금 가면 위험……."

"그냥 두고 물러나세요."

설화가 제갈공영을 막았다.

제갈공영은 고개를 흔들었다.

새로 나타난 인물인 청화가 공독지체의 능력을 지녔다는 것까지는 알았다.

하지만 괴아는 절대 그녀 혼자 상대할 수 있는 인물이 아니라 판단했다.

그 증거로 괴아는 자신을 포함한 다섯의 협공에도 버텼다.

아무리 공독지체라고는 하지만 백색 무복의 소녀가 혼자 괴아를 상대한다고?

말도 되지 않았다.

공독지체는 말 그대로 독을 담는 신체.

안에 내용물이 없으면 아무것도 할 수 없었다.

외모와 말투로 봐서는 공독지체를 타고났을 뿐, 공독지체에 필요한 맹독을 담았을 리 없었다.

게다가 공독지체를 타고났다고 하더라도 그것을 써 본 경험이 없다면 무용지물이었다.

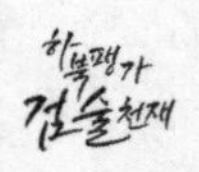

저대로 간다면 아까운 인물 하나가 강호에서 사라질 뿐이었다.

제갈공영은 검을 고쳐 잡고 괴아에게 뛰어들려고 했다.

그때 설화가 제갈공영의 소매를 잡았다.

"그냥 보고만 있으세요, 아저씨."

그러고는 청화의 발아래를 가리켰다.

"대체 그게 무슨 말……."

제갈공영은 말을 잇지 못했다.

청화가 지나간 자리가 검게 변하고 있기 때문이었다.

청화는 검은 발자국을 남기고 있었다.

제갈공영은 검은 발자국이 의미하는 것을 알 수 있었다.

"호신독기(護身毒氣)!"

그의 말은 맞았다.

지금 청화는 독기로 몸을 보호하고 있는 것이었다.

사실 위급한 상황만 아니라면 이런 모습을 다른 이들에게 보여 주고 싶지는 않았다.

그것은 한빈이 내린 지시였다.

강호에서 살아남으려면 일 할의 힘을 숨기라는 것.

물론 청화가 모르는 숨겨진 뜻이 있었다.

진정한 한빈의 뜻은 청화의 뜻대로 인생을 선택하게 만들기 위함이었다.

청화의 독공이 세상에 알려지게 된다면, 수많은 도전을 받을 수밖에 없었다.

명성은 높일 수 있겠지만, 앞으로의 인생은 독인으로밖에 살아갈 수 없게 된다.

어쩌다 보니, 청화로서는 일 할이 아니라 구 할을 숨긴 셈이 되었다.

어쨌든 중요한 점은 지금은 그 힘을 써야 할 때라는 것이다.

그것이 설화와 청화의 판단이었다.

청화는 기세를 피워 내며 괴아에게 천천히 걸어갔다.

터벅터벅.

청화가 만들어 내는 검은 발자국이 괴아의 코앞까지 도착했다.

그때 괴아가 청화를 향해 거도를 내리쳤다.

팡!

거도가 내는 파공성이 주변에 울렸다.

하지만 이상한 일이 일어났다.

괴아의 거도가 문턱에 걸린 것처럼 멈춘 것이다.

"으윽, 대체 무슨 사술이냐?"

"우리 공자님이 그랬어. 한번 힘을 보이면 인정사정 봐주지 말라고."

청화의 당돌한 말에 괴아가 헛웃음을 지었다.

"하하, 그따위 독이 내게 통할 것 같으냐? 그 어떤 맹독도 내게는 무용지물이다."

괴아가 양손에 힘을 주었다.

그의 손등과 팔뚝에 돋아난 힘줄이 지렁이처럼 꿈틀거린다.

괴아의 거도가 청화가 만들어 낸 독기의 장벽을 점점 뚫고 들어왔다.

그때였다.

투명한 기운이 괴아의 거도를 타고 괴아의 손에 흘러 들어갔다.

괴아의 꿈틀거리던 힘줄의 색이 변한 것은 순식간이었다.

그때 청화가 말했다.

"이건 너희가 우리 할아버지에게 준 선물이야. 다시 가져가."

그 말뜻을 알아듣는 사람은 이곳에서 설화밖에는 없었다.

청화가 뿜어낸 독 기운은 사천당가의 가주를 중독시킨 악랄한 독이었다.

하지만 괴아는 그 독의 정체를 모르는 듯 비웃었다.

"하하, 아무리 독인이라도 목이 달아나면 아무 소용없……."

괴아가 말을 맺지 못했다.

묘한 기운이 양팔을 타고 심장으로 흘러들어 왔기 때문이다.

그 기운은 심장부터 시작해서 진천뢰가 폭발할 듯한 기세로 몸 곳곳으로 뻗어 나갔다.

이 독은 성질상 공력과 비례했다.

독에 대한 내성이 있는 고수일수록 더 심하게 작용했다.

그래서 사천당가의 가주도 그렇게 고전하지 않았던가.

독이 뇌수에 침투하자 괴아의 눈이 벌게졌다.

그러고는 입에 거품을 물었다.

사천당가 가주보다 더 심한 발작 증상을 보이는 괴아.

이유는 간단했다.

한빈의 연막탄과 지금 흘러 들어간 독이 상호작용을 했기에 생각지도 못한 반응이 일어나는 것이었다.

그때였다.

드드득!

이상한 소리를 내며 금빛 원이 괴아에게 날아왔다.

금빛 원의 정체는 암제가 던진 금륜이었다.

금륜의 기세는 이전과는 달랐다.

몇 배는 더 무시무시한 살기를 뿜으며 날아왔다.

금륜이 괴아의 등을 파고들었다.

푸-아앙!

철판으로 덧댄 것같이 단단하던 괴아의 몸을 파고든 금륜이, 가죽 북 터지는 소리를 내며 복부에서 나왔다.

팡!

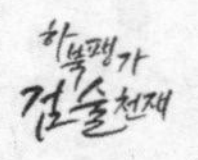

괴아의 뱃가죽을 뚫고 나온 금륜은 청화를 향해 덮쳐 왔다.

금륜은 청화의 독기를 단번에 무력화시켰다.

그때 옆에 있던 설화가 외쳤다.

"독기를 거둬!"

"……."

청화는 말없이 독기를 거뒀다.

청화의 앞에 설화가 백색 무복을 펄럭이며 나타났다.

그러고는 우혈랑검을 앞으로 뻗었다.

동시에 제갈공영와 제갈공려도 힘을 보탰다.

이어서 제갈공영의 두 아들까지 합세하자 암제의 금륜을 겨우 튕겨 낼 수 있었다.

튕겨 나간 금륜은 날아올 때보다 더 빠른 속도로 암제에게 돌아갔다.

일련의 모습을 본 설화가 심각한 표정으로 말했다.

"저 할배가 이제까지는 봐준 거였네요."

"그런 것 같구나."

제갈공려도 고개를 끄덕였다.

제갈공영은 침통한 표정으로 주위를 둘러봤다.

사실 이 정도만 해도 그는 여한이 없었다.

사천당가에 가 있는 동생 제갈공민과 이곳에 없는 큰아들 제갈휘가 남아 있었다.

거기에 더해 이곳에서 목숨을 잃을 뻔했던 제갈세가의 식솔 대부분이 밖으로 몸을 피한 상황이었다.

가문을 이어 나가는 데는 문제가 없었다.

지금 암제의 무위를 보면 바위에 달걀을 치는 것과 똑같지만, 홀가분한 마음으로 싸울 준비가 되어 있었다.

제갈공영은 이곳에서 암제의 팔 하나라도 가져가기로 했다.

자신의 수하까지 주저 없이 버리는 저 모습은 그 어떤 마두와도 비교할 수 없었다.

제갈공영은 다른 이들보다 먼저 아래로 내려갔다.

휙!

몇 개의 턱을 한 번에 뛰어내린 제갈공영은 바닥에서 검 하나를 더 주워 들었다.

그 모습에 한빈을 향해 다가가던 암제가 의자를 돌려 제갈공영을 바라봤다.

"제갈세가에서 쌍검이라……. 말로만 듣던 제갈세가의 쌍검인가?"

"네 금륜도 두 개니 내 검도 두 개가 되어야 맞겠지."

제갈공영은 조금 목소리를 높였다.

당당하게 보이기 위함이었다.

말을 마친 제갈공영은 왼손에 든 검을 바닥에 꽂았다.

푸른 진기를 머금은 검이 청강석으로 된 바닥을 뚫었다.

푹!

그러고는 바로 옆으로 가 다시 바닥에 굴러다니는 검을 주워 들었다.

그때 제갈공려도 아래로 내려와 제갈공영과 똑같이 검을 주워 들어 바닥에 꽂았다.

마치 꽃꽂이를 하는 듯한 둘의 모습에 암제가 웃음을 터뜨렸다.

푹. 푹.

계속 울리는 소리.

그들의 검은 일정한 문양을 만들고 있었다.

그들의 움직임에 암제는 팔짱을 끼고 조용히 바라봤다.

문양이 거의 완성되어 갈 때 암제가 입을 열었다.

"나는 쌍검술인 줄 알았는데 실망이군. 제갈세가답게 진법을 쓰는군."

암제는 피식 웃으며 검을 바닥에 꽂고 있는 제갈공영을 바라봤다.

"너무 일찍 들켰군."

제갈공영이 멋쩍게 웃자 암제가 말했다.

"하던 거 마저 끝내도록 하지."

"……."

제갈공영은 적잖게 당황했다.

이 진법의 이름은 천근오행진(千斤五行陣)이었다.

천근오행진은 오행 중 하나로, 발을 묶을 수 있는 진법이었다.

제갈공영이 펼치려고 하는 것은 그중에서도 금의 기운을 묶는 쇄금진(鎖金陣)이었다.

쇄금진을 펼치는 이유는 간단했다.

바로 암제의 특성 때문이었다.

쇄금진을 펼친다면 암제의 금륜에도 영향을 줄 것이고 그가 앉아 있는 나무 의자를 움직이는 쇠바퀴도 영향이 있을 터였다.

그야말로 손과 발을 묶는 완벽한 수법이었다.

그런데 암제는 도리어 계속해 보라고 한다.

오만일까?

아니면 자신감일까?

전자인지 후자인지는 모르겠기만, 불길한 예감이 제갈공영의 등줄기를 타고 올라왔다.

하지만 일단 시작한 일이었다.

제갈공영은 마지막 검을 바닥에 꽂았다.

푹!

순간 암제를 중심으로 한 공간이 일그러진다.

손에 든 금(金)의 속성, 즉 철 성분의 모든 것이 일그러지기 시작했다.

거기에 손에 든 검의 무게가 천근처럼 느껴졌다.

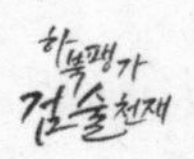

일그러진 감각에 제갈공영은 재빨리 자신의 검을 바닥에 버렸다.

쨍그랑.

제갈공영과 제갈공려가 암제를 향해 조금씩 포위망을 좁혀 나갔다.

밖에 있던 설화도 쇄금진 안으로 들어왔다.

설화가 우혈랑검을 꺼내자, 제갈공영이 조심스럽게 말했다.

"단검은 버리고 박투술로 싸우는 게 좋을 것이야."

"저는 괜찮아요."

"아니다. 내가 펼친 것은 쇄금진이다. 금의 속성을 가지고 있는 물건이라면 방해만 될 뿐이야."

"이건 쇠가 아니거든요."

설화가 우혈랑검의 검신을 손가락으로 쳤다.

팅!

맑은 소리가 울려 퍼지자 제갈공영이 설마 하는 표정으로 눈매를 좁혔다.

그때 청화도 쇄금진 안으로 들어왔다.

청화와 함께 제갈공영의 두 아들도 들어왔다.

현문은 석상 모양의 문을 막고 있기에 합류하지 못할 뿐, 모두가 암제를 향해 다가가고 있었다.

제갈공영은 이제 승부는 반 정도 끝났다고 생각했다.

천하의 고수라도 자신의 병기를 사용 못 하게 된다면 온전한 실력을 발휘하지 못하기 마련이었다.

거기에 자신의 발까지 묶인 암제와의 승부였다.

승기는 제갈공영의 쪽으로 기울었다고 생각했다.

그때였다.

제갈공영이 걸음을 멈췄다.

암제가 아무렇지 않게 자리에서 일어난 것이다.

힘을 들인 것도 아니고.

그냥 의자에서 일어났다.

"대체……."

"놀랐나?"

"어떻게 두 다리로 서 있을 수가……."

"내가 언제 못 걷는다고 했나?"

"……."

"언제 다리가 불편하다고 한 적이라도 있었나?"

"……."

제갈공영은 답하지 못했다.

앞선 질문과 이번에 던진 질문 모두 암제의 말 그대로였다.

그는 의자에 앉아 있었을 뿐이다.

그것을 보고 판단한 것은 모두 자신이었다.

제갈공영은 주변을 살폈다.

암제에게 다가가던 모두가 멈췄다.

그들은 놀라서 입을 벌리고 있었다.

그 모습에 암제가 아무렇지 않게 금륜을 바닥에 던졌다.

푹!

청강석으로 된 바닥에 금륜이 박혔다.

별다른 힘도 쓰지 않았는데 바닥에 박히는 금륜.

이 말은 암제의 금륜은 쇄금진의 영향을 받지 않는다는 이야기였다.

그렇다면 설화의 단검과 마찬가지로 쇠로 만든 물건이 아니라는 뜻.

제갈공영은 한 방 얻어맞은 표정을 암제를 바라봤다.

그때 암제가 진득한 웃음이 섞인 목소리로 말을 이었다.

"그리고 내 애병(愛兵)이 언제 금륜이라고 했나?"

말을 마친 암제는 팔을 걷었다.

암제의 팔에는 검은색 줄기가 감겨 있었다.

암제는 그 줄기를 풀었다.

줄기를 풀자 안쪽에 손잡이가 나온다.

손잡이와 검은색 밧줄처럼 보이는 기다란 형태.

그것은 누가 봐도 채찍이었다.

암제가 다시 말을 했다.

"이게 내 두 번째 애병인 화룡편(火龍鞭)일세. 전설에 의하면 화룡의 수염으로 만든 것이라고 하는데 내 금륜보다도 더 단단하지."

말을 마친 암제는 화룡편을 휘둘렀다.

예비 동작도 없이 바로 뻗어 오는 화룡편에 제갈공영은 재빨리 몸을 날렸다.

쫘악!

제갈공영이 있던 자리에 기다란 선이 생겨났다.

화룡편에 실린 내공도 느끼지 못했는데, 청강석으로 된 바닥이 둘로 갈라지다시피 한 것이었다.

제갈공영은 그제야 제 꾀에 제가 넘어갔음을 깨달았다.

제갈공영이 외쳤다.

"다들 쇄금진에서 물러나라!"

말을 마친 제갈공영은 자리에서 일어나 쇄금진의 경계로 달려갔다.

그때였다.

제갈공영의 눈앞에 싸늘한 바람이 느껴졌다.

고개를 들어 보니 암제가 활짝 웃고 있다.

다행히 채찍을 휘두르기에는 간격이 좁았다.

제갈공영은 오른손을 펴서 암제의 가슴으로 내뻗었다.

제갈공영이 내뻗은 손은 마치 날개를 활짝 편 새 같았다.

사실 제갈공영은 이 한 수에 남아 있는 내공을 모두 담았다.

제갈세가의 절기인 봉황태령장(鳳凰太靈掌).

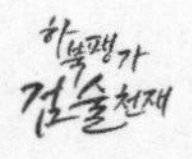

이 한 수는 제갈세가를 나타내는 상징인 봉황의 영혼을 담은 초식이었다.

모든 내공으로 봉황의 형태를 무한으로 뽑아내는 봉황태령장은 이 정도 간격 안에서라면 구대문파의 장문인이 온다 해도 막을 수 없었다.

제갈공영의 봉황태령장이 무수히 불어나며 암제를 덮쳤다.

그때였다.

갑자기 봉황태령장의 기운이 눈 녹듯 사라졌다.

그 중심에는 암제의 손가락이 있었다.

암제는 제갈공영의 손바닥 중심에 손가락 하나를 갖다 대고 있었다.

암제가 진득한 웃음을 머금고 입을 열었다.

"역시 제갈세가는 재미있어. 내가 원수인 제갈세가의 무공을 연구하지 않았다고 봤나? 봉황태령장의 약점은 간단하지. 봉황의 목을 비틀면 날갯짓을 못 한다는 점이야. 뭐, 모든 새는 똑같겠지만……. 참새나 봉황이나 목을 비틀면 울지 못하는 건 똑같지."

말을 마친 암제는 막았던 손가락을 슬며시 떼더니 주먹을 쥐고 바로 제갈공영의 가슴을 가격했다.

팡!

암제가 제갈공영의 가슴을 가격하자 그는 바람에 날려 가는 풀잎처럼 힘없이 열 걸음 뒤로 떨어졌다.

그야말로 압도적인 무위.

암제가 외쳤다.

"다음!"

그 말에 제갈공려가 움찔하며 상체를 기울였다.

앞으로 나가려고 하지만 암제의 기세에 눌려 몸이 움직이지 않는 상태.

기세를 완전히 드러낸 암제는 그야말로 난공불락의 성벽과도 같았다.

그때 설화가 제갈공려의 어깨를 살며시 잡았다.

"제갈 언니, 저자의 상대는 따로 있어요."

"그게 무슨 말이냐? 우리가 나서지 않는다면……."

제갈공려는 이를 꽉 깨물었다.

그 모습에 설화가 손을 저었다.

"여기 우리만 있는 건 아니잖아요."

"우리 말고 누가……."

제갈공려는 말을 맺지 못했다.

구석에서 붉은색 무복이 펄럭이는 것을 봤기 때문이다.

모두는 설화가 바라보는 곳으로 시선을 옮겼다.

암제도 역시 고개를 돌렸다.

그곳에서는 한빈이 활짝 웃는 모습으로 고개를 갸웃하고 있었다.

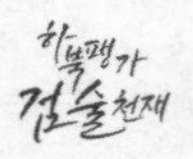

"영감, 그런데 틀린 얘기가 하나 있어."

"……."

"참새의 목을 비틀어도 새벽은 오거든."

말을 마친 한빈은 몸을 풀듯 어깨를 휘휘 돌렸다.

마치 이제까지 아무 일도 없었다는 듯 말이다.

한빈의 말에 암제가 웃었다.

"껄껄, 어쩌다 보니 네놈을 잊고 있었구나."

"잊으면 안 되지! 아까 하다 말았던 논검은 끝마쳐야 하지 않겠어?"

"논검이라……."

"이번에는 확실히 영감 목과 내 목을 걸고 하자고."

"어찌 강호에 너같이 간덩이가 부은 놈이 있을꼬……."

"쫄리면 그냥 뒈지시든가!"

"역시 재미있는 놈이란 말이야. 삼 초를 양보할 테니 어서 들어오너라."

암제는 입가에 미소를 띠며 손짓했다.

"영감 바보야? 아니면 바보인 척하는 거야? 삼 초를 양보하겠다는 거짓말에 내가 속을 것 같아?"

"내가 거짓말을 했다는 것이더냐?"

암제가 호기심 어린 눈으로 한빈을 바라봤다.

"진짜로 삼 초를 양보해도 결과는 똑같겠지."

"어떻게 결과가 똑같을까……."

"잘 생각해 봐. 저기 제갈가의 가주가 봉황태령장을 쓰고도 영감의 손가락 하나에 당하는 거 내가 봤잖아."

"그럼 경지의 차를 인정한다는 것이구나."

"인정은 하는데 내가 보기에 그쪽에 펼쳐진 쇄금진 때문이기도 해. 네 무기가 화룡편이잖아. 내 무기는 검이고. 그런데 내가 왜 쇄금진 안으로 들어가?"

"그럼 어떻게 할 테냐? 고래를 잡으려면 바다로 가야 하고 호랑이를 잡으려면 산으로 가야 하는 것이 이치이거늘……. 거기에 가만히 서 있으면서 네가 할 수 있는 게 뭐란 말이냐?"

"고래와 호랑이라고? 그걸 내가 왜 잡아?"

"나와 대결하기 위해서 기다리고 있던 게 아니더냐?"

"내가 왜 불리한 곳에서 왜 싸워? 그리고 영감이 왜 고래야? 뭐, 호랑이는 더욱 아니지."

"음……."

"그러니까. 삼 초를 양보할 테니 영감이 내 쪽으로 와."

"하하."

지하 공간이 떠나갈 정도의 웃음소리가 울렸다.

그 웃음소리가 끊기기도 전에 암제가 걸음을 옮겼다.

세 걸음 정도 옮기던 암제가 갑자기 발걸음을 멈췄다.

그 모습에 한빈이 물었다.

"왜 그러지?"

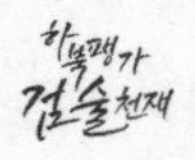

"……."

암제는 슬쩍 바닥을 살폈다.

쇄금진을 경계로 앞쪽에는 철질려가 무수히 깔려 있었다.

분명히 애송이가 깔아 놓은 것이 분명했다.

무공보다 책략이 더 대단한 놈이었다.

죽이기보다 사로잡기가 더 힘든 놈인 것도 분명했고 말이다.

암제가 잠시 고민에 빠진 듯하자, 한빈이 손뼉을 쳤다.

짝.

그 소리에 암제가 상념에서 깨어났다.

암제의 시야에 비릿하게 웃는 한빈의 얼굴이 들어왔다.

"논검 하던 사람 어디 갔나? 내가 여기서 그냥 튀면 어떻게 하려고 그래?"

"네가 이들을 두고 도망간다고?"

암제가 고개도 안 돌리고 뒤쪽을 가리켰다.

"저 사람들이랑 내가 무슨 상관인데? 나는 제갈가 사람들은 잘 몰라."

"제갈가의 사람들은 몰라도 저 둘은 네 시녀……."

"내 시녀가 어디 있는데?"

한빈이 고개를 갸웃하자 암제는 검지로 설화가 있던 자리를 가리켰다.

"바로 내 손 안에……."

암제는 고개를 갸웃했다.

자신이 가리킨 곳에는 설화라는 아이가 없었다.

거기에 더해 새로 합류한 아이도 없어졌다.

제갈세가의 두 아이만이 자신의 아비인 제갈세가의 가주의 상태를 살피고 있었다.

암제는 그제야 한빈에게 당한 것을 알았다.

이목을 끌어 자신의 시녀 둘은 대피시킨 것이다.

그러고 보니, 제갈세가의 쇄금진은 암제에게도 독이었다.

쇄금진만 없다면 이곳에서 일어나는 움직임을 놓칠 리 없었다.

지하 공간은 암제가 모두 장악하고 있으니까.

암제는 더는 격장지계에 당하지 않겠다고 생각했다.

반드시 사로잡아 놈을 자신의 수하로 만들겠다고 결심했다.

암제의 눈빛에서 한겨울 서릿발보다 더 지독한 한기가 흘러나왔다.

그 시선을 받은 한빈이 말을 이었다.

"봐 봐. 먹잇감이 어디 있는지도 모르는 호랑이가 어디 있어? 그러니까 내가 바보라고 하는 거야."

"버르장머리를 어디다 두고 온 아이구나. 내가 그 입버릇을 고쳐 주지."

"그렇게 머리가 나쁘니 자꾸 머리카락이 빠지는 거지. 무공으로도 머리는 어찌 못 하나 봐?"

한빈은 암제의 머리를 가리켰다.

백발의 머리가 찰랑대고 있지만, 정수리 쪽은 휑했다.

암제의 표정이 심상치 않았다.

격장지계에 넘어가지 않으리라 다짐했건만, 머리카락 가지고 놀리는 것은 참을 수 없었다.

한빈의 말대로 휑한 정수리는 무공으로도 막지 못하는 현상이다.

피부나 골격은 무공으로 어느 정도 제어할 수 있지만, 머리카락만의 신의 영역이기 때문이다.

한빈의 말에 암제의 얼굴이 붉으락푸르락해졌다.

암제가 처음 보이는 표정의 변화였다.

그의 표정에 맞춰 한빈의 입꼬리가 올라갔다.

격장지계에 일단 성공했기 때문이다.

그때 암제가 화난 목소리로 외쳤다.

"이놈이!"

"그렇게 말만 하지 말고 어서 나와 봐."

"후."

암제는 다시 한번 심호흡했다.

상대를 사로잡기로 했지만, 자꾸 살심(殺心)이 올라왔기 때문이다.

암제는 상대를 사로잡으면 육체뿐만 아니라 정신까지 개조할 생각이었다.

그냥 죽일 수는 없었다.

암제에게 죽이는 것은 문제가 되지 않았다.

하루살이를 잡을 때 살리는 것이 쉬울까 죽이기가 쉬울까를 생각해 보면 간단했다.

조금만 힘을 줘도 하루살이는 손바닥에 눌려 죽는다.

그때 한빈이 다시 외쳤다.

"필요 없으니 일단 이것부터 막아 봐!"

한빈은 품에서 묘하게 생긴 암기 하나를 꺼냈다.

그러고는 그것을 암제에게 던졌다.

'백발백중.'

휙!

암제는 고개를 갸웃했다.

날아오는 물체가 너무 확실하게 보였기 때문이었다.

한빈이 날린 암기는 환약이었다.

혹시 연막탄?

암제는 코웃음을 치며 한빈이 던진 환약을 잡았다.

잡고 보니 그것은 연막탄은 아니었다.

기름종이에 싸인 환약 같은 물건이었다.

암제는 환약을 쥔 손에 내공을 실었다.

환약을 감싸고 있던 기름종이가 바스러졌다.

기름종이가 없어지자 안쪽에서는 액체가 흘러나왔다.

혹시 맹독?

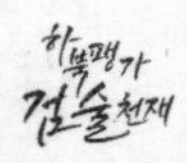

이미 만독불침의 단계에 오른 암제였다.

하지만 돌다리도 두드려 보고 가야 한다는 것이 그의 신조.

그는 막 삼매진화로 액체를 태워 버리려 했다.

그때 액체에서 익숙한 냄새가 흘러나왔다.

뭐지?

분명 독은 아니었다.

의문도 잠시, 암제가 액체에 코를 씰룩였다.

그것은 산사나무의 열매로, 당과의 재료로 흔히 쓰인다.

암제의 코끝을 간지럽히는 것은 바로 과즙과 꿀 냄새였다.

암제는 눈을 가늘게 뜨고 한빈을 바라봤다.

"무슨 뜻이더냐?"

"영감 배고플까 봐. 그거 내 시녀 중 하나가 먹다가 남긴 당과를 쌓아 놓은 거야. 일단 그거나 먼저 먹어."

"……."

암제는 표정을 바꾸었다.

노한 표정은 한순간에 갈무리되어 마치 폭풍이 몰려오기 전 바다처럼 잔잔하게 보였다.

폭풍 전야.

딱 그 단어가 어울릴 정도로 그의 표정은 온화했다.

한빈은 그에게 천천히 다가갔다.

암제도 더는 기다리지 못하겠다는 듯 한빈 쪽으로 걸어간다.

서로 다섯 걸음 정도만 남겨 놓은 상태.

그때였다.

숨만 겨우 붙은 채 서로 싸우던 괴인과 복면인들이 절뚝거리며 암제와 한빈이 있는 곳을 향해서 다가왔다.

어떤 자는 팔 한쪽이 없었고 어떤 자는 무복이 짙은 붉은색으로 변해 있을 정도로 피에 물들어 있었다.

그 몰골이 얼마나 처참한지 눈 뜨고는 볼 수 없을 지경이었다.

하지만 암제는 아무렇지 않게 말했다.

"내 제자와 수하들부터 상대해야겠구나. 껄껄."

웃음을 토하던 암제는 눈을 가늘게 떴다.

수하들이 다가오는 방향이 이상했기 때문이다.

그들은 한빈이 아닌 암제 쪽으로 검을 겨누고 접근해 오고 있었다.

암제는 자신의 손을 바라봤다.

그는 그제야 상대의 수를 알아봤다.

방금 당과의 향기를 맡고 수하들이 목표를 정한 것이 분명했다.

환각에 환각을 더한 수법.

"강호에서 이렇게 더러운 수를 쓰다니……."

"제자를 저 꼴로 만들어 놓은 영감이 할 말은 아니잖아. 일단 걔네부터 처리하고 마저 얘기하자고."

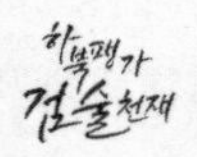

한빈은 입꼬리를 올리며 강시처럼 다가오는 암제의 수하들을 가리켰다.

암제는 아무 말 없이 화룡편을 들었다.

화룡편이 그들을 쓸고 지나갔다.

동시에 암제를 향해 달려오던 수하들이 제자리에 쓰러졌다.

털썩!

자신의 수하들이 쓰러진 것을 본 암제는 고개를 작게 저었다.

여기 있는 모두는 하루살이와도 같았다.

하지만 이런 수고를 하게 만든 하루살이가 문제였다.

“처리해 줘서 고마워, 영감. 이제는 들어와 봐.”

“처음이자 마지막으로 볼 내 초식이다!”

말을 마친 암제는 화룡편을 허공에 돌리기 시작했다.

화룡편을 돌리자 그것은 마치 금륜처럼 동그랗게 변했다.

화룡편이 만드는 원은 곧 회오리를 만들었다.

한빈은 눈을 가늘게 뜨고 암제의 화룡편을 바라봤다.

한빈과 암제의 사이에 거대한 원이 생긴 것만 같았다.

저 거대한 원이 자신에게 날아온다면?

어라?

자세히 보니 그냥 원이 아니었다.

원이 그리고 있는 것은 마치 용의 비늘 같았다.

용의 비늘이 불꽃을 내며 원을 만드는 것이다.

불꽃 원을 그리며 끝없이 질주하는 거대한 용이라?

한빈의 입가에 보기 좋은 미소가 맺혔다.

한빈은 막 화룡편의 파훼법을 정리했다.

그때 암제 나지막이 말을 이었다.

"화룡분쇄라는 초식이다. 저승에 가기 전에 널 죽인 이름이나 알고 가거라. 이게 내 마지막 자비다."

"고마워, 영감."

암제는 화룡편을 잡은 손을 놓았다.

마치 날리던 연을 놓듯 말이다.

화룡편은 정면으로 원을 그리고 날아왔다.

주변의 기를 모두 쓸듯이 회오리처럼 날아오는 화룡편.

이 초식이 화룡분쇄라 불리는 이유는 간단했다.

금륜이라면 상대가 막을 수 있겠지만, 화룡편이 그리는 원은 어떤 누구도 막을 수 없었다.

만약에 화룡분쇄를 쳐 내려고 채찍을 건드리는 순간, 화룡편의 기다란 채찍이 상대의 몸을 꽁꽁 묶을 것이었다.

원을 그리며 날아오는 밧줄을 손으로 잡으려고 하면 그 밧줄이 손을 둘러싸는 원리와도 같았다.

문제는 꽁꽁 싸맨 다음 화룡편이 점점 상대를 조인다는 점이다.

그 압력에 상대는 터져 죽을 수밖에 없고 말이다.

유일한 방법은 화룡편을 피하는 수밖에 없었다.

하지만 암제는 이기어검을 구사할 수 있는 고수였다.

만약 피한다면 그 방향을 바꿀 것이었다.

회오리를 일으키며 날아오는 화룡편을 한빈이 피할 방법은 없었다.

휘-잉.

화룡편이 먼지를 일으키며 한빈의 코앞까지 날아가자 암제는 아쉬운 듯 입맛을 다셨다.

자신의 아픈 곳만 찌르지만 않았어도 제자로 삼았을 터였다.

그 정도로 한빈에게 흥미가 동했었다.

괴아와 나머지 괴인들은 모두 실패작이라 항상 아쉬워했던 그였다.

그는 한빈을 보고 자신의 오른팔로 삼을 생각까지 했었다.

하지만 자신이 던진 화룡편을 건드리는 순간, 한 줌의 핏물로 변해 버릴 것이었다.

그때였다.

암제의 눈이 커졌다.

탁!

화룡편을 한빈이 쳐 낸 것이다.

옆으로 방향을 바꾼 화룡편이 방향을 바꾸어 벽 쪽으로 날아갔다.

쉐엥!

화룡편이 내는 소리가 더욱 날카로워졌다.

푹!

화룡편이 벽에 박혔다.

완벽하게 통제에 벗어난 화룡편을 본 암제가 눈을 가늘게 떨었다.

"대, 대체 어떻게……."

암제가 놀라고 있을 때 한빈은 허공을 힐끔 바라봤다.

[실력편 중급(中級)]

[……]

[안(眼) : 일(一)]

안(眼)은 실력편이 중급으로 올라서며 새로 생긴 속성이었다.

즉 이번에 얻은 깨달음 덕분에 화룡편을 쳐 낼 수 있었던 것.

안의 속성을 쓸 동안 한빈은 깨달음을 얻기 전보다 열 배 이상 향상된 동체 시력을 쓸 수 있었다.

한빈은 진짜 용안으로 세상을 볼 수 있게 되었다.

바람과 함께 사라지다

물론 항상 사용할 수 있는 것이 아니었다.

현재 한빈이 가지고 있는 안의 구결은 불과 한 개.

[안(眼) : ……]

한빈은 허공을 보며 작게 고개를 흔들었다.

동체 시력을 높여 주는 안의 구결도 사라졌다.

이번 깨달음이 없었다면 암제의 일 수를 제압할 수 없었을 것이다.

여기서 중요한 것은 화룡편이 진짜 용의 기운을 품고 있는 물건이라는 점이었다.

만약 용린검법의 주인이 아니었다면?

암제의 말대로 그대로 몸이 분쇄되었을지도 몰랐다.

한빈이 용린검법의 주인인 덕분에 이기어검을 구사할 수 있는 암제도 화룡편에 대한 통제를 잃어버릴 수밖에 없었다.

중요한 것은 암제가 자신의 두 번째 애병이라고 한 화룡편을 더는 못 쓴다는 것이다.

그렇다면 화룡편은 어디에 있을까?

그 정답은 다음에 들려오는 목소리에 있었다.

"이거 주웠는데 가지고 갈까요?"

한빈과 암제가 동시에 고개를 돌렸다.

물론 둘의 표정은 달랐다.

한빈은 그 어느 때보다 활짝 웃었다.

"설화야, 잘 챙겨라. 그거 비싼 거야."

"네, 공자님. 대신 당과 꼭 사 주세요."

"알았다, 약속하마."

그들의 대화에 암제는 당혹감을 감추지 못하고 있었다.

그는 이제까지 보인 적 없는 표정을 지었다.

암제가 바라보는 곳에는 벽에 박혔던 화룡편을 손에 들고 흔드는 설화가 있었다.

암제는 어이가 없다는 듯 설화를 바라봤다.

그것도 잠시, 한빈을 향해 너털웃음을 터뜨렸다.

"껄껄. 날 흥분하게 만들고 내 애병까지 낚아채다니 천하

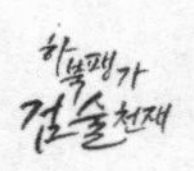

의 대도(大盜)도 네 아래일 것이다."

그 말에 한빈은 눈을 가늘게 떴다.

아직도 평정심을 유지하고 있는 것이 대단했다.

한빈은 그의 평정심이 오만이라고 생각하지는 않았다.

이번 깨달음으로 그의 경지를 대충이나마 짐작할 수 있었기 때문이었다.

만약 지금 한빈이 암제와 정면 승부를 벌인다면?

아마도 백전백패일 터.

이런 계산마저도 깨달음 덕분에 예측이 가능해진 것이었다.

말을 마친 암제는 뒤쪽으로 물러났다.

그러고는 바닥에서 무엇인가를 찾았다.

아마도 금륜을 찾고 있는 듯 보였다.

금륜을 들고 쇄금진 밖으로 나와 한빈을 상대하려는 것이 분명했다.

그것도 잠시, 금륜을 찾는 암제가 당황하기 시작했다.

금륜을 찾지 못했던 것이었다.

그때였다.

다시 멀리서 목소리가 들려왔다.

"공자님!"

그 목소리에 한빈은 고개를 돌렸다.

청화는 어느새 설화의 옆에 있었다.

설화가 청화의 옆구리를 살짝 찔렀다.

"공자님 바쁘시잖아."

"그래도 언니만 칭찬받았잖아요."

"칭찬은 무슨 칭찬……."

설화가 청화를 나무라려고 하다가 맘을 멈췄다.

청화가 뒤에서 뭔가를 꺼냈기 때문이다.

청화가 무언가를 흔들며 자랑했다.

"저는 이걸 주웠어요."

이번에는 한빈도 놀랐다.

청화에 손에 들려 있는 것은 바로 암제의 애병인 금륜이었다.

한빈이 황당한 표정으로 물었다.

"그걸 왜 주웠어?"

책망보다는 진심으로 황당해서였다.

한빈은 암제의 눈을 피하라고 신호를 줬었다.

몸을 피하기도 바빴을 텐데 금륜까지 챙긴 것이다.

청화가 조심스럽게 입을 열었다.

"공자님이 돈 되는 건 가능한 한 챙기라고 하셔서……."

청화는 자신이 없는지 목소리가 기어들어 갔다.

한빈이 활짝 웃으며 답했다.

"잘했다. 너도 한 달간 간식 걱정은 하지 마라. 돌아가자마자 가장 맛있는 찹쌀떡 장수를 알아보마."

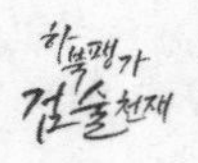

그들의 대화에 암제는 눈을 부릅떴다.

자신의 애병인 화룡편과 금륜이 당과와 찹쌀떡에 넘어갔다는 것이 황당했다.

다시 살심이 암제의 가슴에 차오르기 시작했다.

암제는 그 어느 때보다 나지막한 목소리로 말했다.

"당과나 찹쌀떡은 여기서 살아 나갈 때 먹을 수 있겠지. 잘린 목으로 어디 당과가 넘어가겠느냐!"

암제의 목소리에는 살기뿐 아니라 알 수 없는 힘이 서려 있었다.

암제를 도발하듯 웃음기 어린 얼굴을 유지하던 설화의 표정이 바뀌었다.

얼굴의 핏기마저도 점점 가셨다.

한빈은 재빨리 바닥에 떨어진 검 하나를 주웠다.

그러고는 바닥에 꽂았다.

푹!

그 소리에 암제가 고개를 돌렸다.

"진을 파훼하려는 것이냐?"

"아니!"

말을 마친 한빈은 다시 검 하나를 더 바닥에 박았다.

검은 푸른 검기를 일렁이며 청강석 바닥이 두부라도 되는 듯 아무렇지 않게 박혔다.

푹.

"진법을 바꿔 놨어. 진법을 파훼하는 것보다 이 방법이 빠르겠더라고."

"네가 진법을 바꿨다고?"

"내가 없던 건 못 만들어도 있던 건 잘 바꾸거든. 그런데 진법이 바뀐 것도 못 느끼는 거야?"

"네가 진법까지 안다는 말이냐?"

"내가 좀 오지랖이 넓거든."

"……."

"아마 영감은 진법이 바뀐 것을 못 느낄 거야. 뭐, 마음만 먹는다면 진법을 또 바꿀 수도 있지. 이렇게!"

한빈이 언제 주워 왔는지 모를 검을 옆쪽에 던졌다.

백발백중의 효용을 품은 검이 청강석 바닥에 박혔다.

푹!

한빈이 다시 말을 이었다.

"처음에 쇄금진에서 지금은 쇄토진(鎖土陣)으로 바뀌었을 거야."

"대체 어떻게……."

암제는 이해가 안 된다는 듯 눈썹을 꿈틀댔다.

그때 한빈이 뒤쪽을 보며 소리쳤다.

"서른여섯 번째 계획이다!"

"네, 공자님."

설화가 답했다.

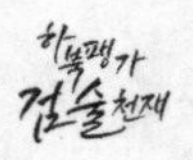

그러고는 석상을 향해 달려갔다.

석상을 향해 달려가는 것은 설화와 청화만이 아니었다.

제갈공려도 오라비인 제갈공영을 부축하고 있었다.

그 뒤로 제갈공영의 두 아들이 뒤따르고 있었다.

암제는 그 모습에 눈썹을 꿈틀댔다.

하지만 그것도 잠시, 눈을 크게 떴다.

분노와 놀라움이 교차한 것이다.

쇄금진을 쇄토진으로 바꾸어 놨다는 한빈의 말을 처음에는 거짓으로 받아들였다.

그런데, 지금 보니 한빈의 말이 사실이었기 때문이다.

쇄토진은 토(土)의 기운을 가둔다.

토의 기운은 땅을 무겁게 만든다.

쇄토진에 묶인 사람은 무거운 땅의 기운 때문에 행동의 제약을 받게 되었다.

상대는 자신을 상대하려는 것이 아닌 발을 묶고 줄행랑을 치는 방법을 선택한 것이다.

암제는 황당한 듯 한빈을 바라봤다.

"늑대인 줄 알았는데 여우였구나."

"나중에 봐, 영감. 볼 일이 있을지는 모르겠지만……."

한빈은 말을 맺지 않고 뒤로 주춤주춤 물러섰다.

제갈세가 사람들은 이미 뒤쪽에 있던 문으로 빠져나갔다.

한빈은 재빨리 문을 향해 달려갔다.

'구걸십팔보.'

'일촉즉발.'

일촉즉발의 수법이 더해지자 걷는 것이 아니라 문을 향해 날아가는 모양새가 되었다.

석상을 붙잡고 있는 현문과 점점 가까워지자 한빈이 외쳤다.

"현문 아저씨, 지금 석상을 놓고 문으로 들어가요!"

"알았다."

현문이 석상을 놓고 안으로 들어갔다.

그때였다.

한빈의 뒤에서 가공한 파공성이 들려왔다.

파파팡!

문으로 향하던 한빈이 허공에서 천근추의 수법으로 바닥에 엎드렸다.

순간 거대한 물체가 한빈의 등을 스치고 지나갔다.

한빈은 안력을 돋워 물체를 확인했다.

물체는 솥뚜껑 같았다.

검은색 물체가 막 닫힌 석상을 가격하고 다시 돌아갔다.

쐐에앵!

올 때보다 더 빠른 속도로 돌아가는 물체를 본 한빈이 눈을 크게 떴다.

아무리 봐도 암제의 애병인 금륜이었다.

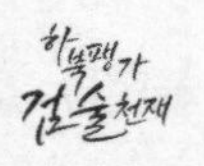

그런데 크기가 몇 배는 더 컸고 색도 달랐다.
금륜이 금색 바퀴라면, 저것은 흑륜이라 불러야 했다.
그때였다.
흑륜이 다시 날아왔다.
한빈은 흑륜을 막지 않고 피했다.
흑륜이 석상을 다시 가격했다.
팡!
석상이 흔들리며 입구가 뭉개졌다.
뒤쪽에서 목소리가 들려왔다.
"팽 공자, 문이 안 열리네. 다른 출구를 찾아봐야겠네!"
"그냥 자리를 피하십시오."
"대체 그게 무슨……."
"그냥 피하십시오. 저는 아무래도 할 일이 남아 있는 것 같습니다."
말을 마친 한빈은 월아를 다시 빼 들었다.
스르-릉.
그때 뒤쪽에서 다급한 목소리가 들려왔다.
"공자님! 이 문을 부술 테니……."
목소리의 주인은 설화였다.
"됐다, 설화 너는 계획대로 해라."
"계, 계획대로요?"
설화의 목소리가 살짝 떨렸다.

"그래, 계획대로 해. 꼭 내 말 지켜야 한다."

"아, 알았어요. 공자님."

설화의 대답이 끝나자 석상 뒤쪽에서는 발소리가 울렸다.

한빈의 지시대로 모두가 이곳을 떠나는 듯 보였다.

발소리가 멀어지자 한빈은 고개를 돌려 암제를 바라봤다.

암제는 쇄토진 안에서 나와 있었다.

그뿐만 아니라 진법을 다 부수어 놓았다.

진법을 부순 것은 암제의 손에 들려 있는 새로운 무기가 분명했다.

한빈은 그의 무기를 조용히 바라봤다.

"무기가 하나 더 남아 있었네."

"내가 아까 말하지 않았더냐? 화룡편은 두 번째 애병이라고."

"음, 첫 번째가 금륜 아니었어? 영감."

"첫 번째가 바로 이 금강태륜(金剛太輪)이다."

암제가 슬쩍 자신의 손에 들린 애병을 바라봤다.

한빈은 사실 이 상황이 기가 막혔다.

저 큰 무기를 어디에서 가져왔는지 감도 잡히지 않았다.

한빈의 표정을 본 암제가 슬쩍 미소를 보였다.

"네가 모르는 것도 있다니 신기하구나."

주위를 둘러보던 한빈이 눈을 빛냈다.

"이제는 알았어, 영감."

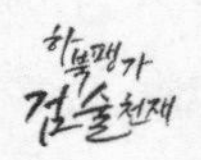

한빈은 아무렇지 않게 암제가 타고 있던 의자를 바라봤다.

의자에는 원래 있던 바퀴가 빠져 있었다.

아무렇게나 뒹구는 나무 의자를 확인한 한빈이 말을 이었다.

"몸을 의자에 맡긴 것이 아니라 영감의 애병을 의자에 가지고 다닌 거였네."

"그렇게 꼭꼭 숨겨 둔 금강태륜이건만, 오늘 꺼내게 됐구나."

"그런데 가진 게 그게 전부야?"

"그게 무슨 말이더냐?"

"아니야, 영감. 말이 헛나왔어."

한빈은 눈을 가늘게 떴다.

암제의 몸에서 황금빛 점이 빛나고 있기 때문이었다.

한빈이 그게 전부냐고 한 것은 그 점을 말함이었다.

그것은 분명히 천급 구결을 나타내는 점일 터.

방금 현문을 보며 이곳에서 할 일이 남았다고 한 것은 바로 천급 구결을 획득하기 위함이었다.

암제를 보내면 천급 구결이 언제 나타날지 몰랐다.

지금의 대결은 서로 원하는 것이 명확했다.

암제는 한빈을 손에 넣어 자신의 것으로 만들려 했다.

반면 한빈은 구결 획득이 목표였다.

문제는 지금 암제와 대결에서 이길 수 없다는 것이 너무 명확하다는 것이었다.

하지만 실망하기는 일렀다.

이가 없으면 잇몸으로 씹으라는 강호의 속담이 있지 않은가?

무공으로는 이길 수 없다면?

다른 방법을 쓰면 되었다.

한빈이 암제를 바라보며 진득한 웃음을 지었다.

"영감, 내가 논검에서 마지막으로 쓸 초식이 뭔지 알아?"

"아직도 논검 타령이구나. 어디 한번 말해 봐라."

"동귀어진이야."

"……."

암제는 눈을 가늘게 뜨고 한빈을 노려봤다.

그때 한빈이 아래로 내려왔다.

탁!

일부러 힘을 실어 청강석에 발자국을 남긴 한빈. 그를 본 암제도 천천히 걸어왔다.

걸어오던 암제가 고개를 갸웃했다.

그가 걸어가는 간격만큼 한빈은 슬금슬금 뒤로 물러났기 때문이었다.

조금 전 흉흉한 기세로 자신의 앞에 선 상대가 이번에는 뒤로 물러선다라?

하지만 암제는 의심을 거뒀다.

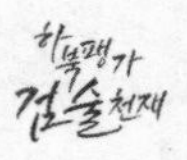

금강태륜을 든 이상 삼존이 와도 자신을 이길 수 없다 장담했다.

암제는 이제 급할 것이 없었다.

상자에 가둬 둔 쥐를 잡는 것은 시간문제였다.

이렇게 쥐를 잡는 한 걸음 한 걸음이 즐거울 뿐이었다.

한빈과의 간격을 천천히 좁히고 있을 때였다.

암제의 귓가에 거슬리는 소리가 들려왔다.

치치직.

귀에 익숙하지 않은 소리였다.

암제는 안력을 돋워 주변을 살폈다.

그때 바닥에서 작은 불꽃이 보였다.

그 불꽃이 점점 가까워졌다.

순간 눈앞에 번쩍였다.

동시에 울리는 굉음.

꾸아앙!

암제는 재빨리 금강태륜의 금강현무(金剛玄武) 초식을 펼쳤다.

순간 두 개의 태륜이 겹치더니 거북이의 등처럼 견고하게 암제의 앞을 막았다.

그때 암제의 옆구리로 부드러운 기운이 밀려들어 왔다.

암제가 고개를 갸웃할 때 갑자기 앞쪽에서 울리던 폭발음이 더욱 커졌다.

꾸아앙!

연속적인 폭발에 암제는 금강현무의 초식을 삼 성까지 끌어올렸다.

그때였다.

앞쪽에서만 울리던 폭발음이 좌우로 퍼져 나갔다.

쾅! 쾅!

암제는 재빨리 금강현무의 초식의 범위를 넓혔다.

금강현무를 오 성까지 끌어올린 것이다.

그는 방금 느껴졌던 낯선 기운에 대해서는 기억에서 지웠다.

더는 그 기운이 느껴지지 않고 있는 데다, 지금은 눈앞에서 벌어지는 말도 안 되는 상황에 신경을 써야 했기 때문이었다.

꾸아앙! 쾅!

지금도 사방에서는 폭발이 일어나고 있었다.

그때 금강태륜으로 펼친 호신강기의 초식을 뚫고 화마가 덮쳐 왔다.

화르륵.

암제는 모든 힘을 다해 두 개의 태륜에 내공을 더 불어 넣었다.

우우-웅.

금강현무를 극성까지 끌어올리자 금강태륜이 울부짖듯 폭

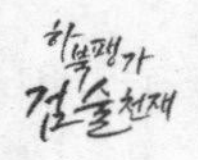

발음과 공명한다.

거대한 불꽃 속에 전설 속의 신수인 현무가 울부짖는 듯한 착각이 들 정도로 금강현무의 기운이 일렁였다.

순간 암제가 온몸으로 느끼던 화마의 기운이 줄어들었다.

극성으로 펼친 금강현무가 폭발이 만들어 내는 화마를 완벽하게 막아 내고 있었다.

암제는 자신도 모르게 낮은 침음을 흘렸다.

"음."

암제는 눈앞의 참상을 똑똑히 보았다.

자신을 제외한 모든 것이 불타고 있었다.

널브러져 있는 시체가 타면서 역한 냄새를 풍기고 있었다.

그 시체 중에는 분명 한빈의 시체도 있을 것이 분명했다.

암제는 고개를 작게 저었다.

'대체 나와 무슨 원한이 있기에…….'

암제는 이 참상을 한빈이 만들어 낸 것이라 확신했다.

물론 어떤 방법을 썼는지는 그도 알 수 없었다.

상대가 말한 마지막 초식은 분명히 동귀어진이었다.

지금 지하 공간은 하나의 화로가 되어서 안에 들어 있는 것을 모두 태우고 있었다.

이곳에서 자신을 제외한 누구도 살아남을 수 없었다.

안전한 공간이라고는 금강현무를 펼친 간격의 안뿐이었다.

따따닥.

폭발음이 줄고 불씨들이 정리되는 소리가 귓가에 울렸다.

그 소리가 점차 줄어들자 암제의 표정도 풀렸다.

그에게 닥쳤던 최대 위기는 이제 지나갔다.

자신의 몸을 덮쳤던 화마가 완벽하게 사라지자, 암제는 그제야 금강현무로 만들어 낸 호신강기를 거둬들였다.

암제는 자신도 모르게 한숨을 쉬었다.

"휴."

그 한숨에는 여러 감정이 섞여 있었다.

그중에서는 자신의 후계자로 만들 재목을 잃었다는 아쉬움이 가장 컸다.

그때였다.

옆구리에서 따끔한 감각이 느껴졌다.

고개를 숙여 아래를 바라보니 얼굴에 숯검정을 칠한 놈이 활짝 웃고 있었다.

암제는 재빨리 천지를 가를 기세로 금강태륜을 내리쳤다.

팡!

놈은 자리에서 사라지고 금강태륜은 뜨끈뜨끈하게 달궈진 청강석 바닥에 박혔다.

암제는 재빨리 금강태륜을 바닥에서 빼내어 들고 앞을 바라봤다.

자신의 허벅지를 찌른 놈은 벌써 열 걸음도 넘는 곳으로 달아나 있었다.

"대체……."

암제가 눈을 가늘게 뜨고 상대를 바라봤다.

상대는 물론 한빈이었다.

한빈은 얼굴에 묻은 검댕을 닦아 내며 말했다.

"영감, 왜 그렇게 봐?"

"네놈이 어떻게 살아남았단 말이냐?"

"다 영감 덕분이지. 고마워."

한빈의 말에 암제는 고개를 갸우뚱했다.

그때 한빈이 다시 말을 이었다.

"이거 영감이 만든 거 아니지?"

"……."

"만들었다면 여기에 그렇게 편하게 있을 리가 없겠지."

"그게 무슨 말이냐?"

"역시 모르고 있었구나."

한빈이 피식 웃자 암제의 눈썹이 꿈틀댔다.

"이놈이!"

암제가 노호성을 토해 냈다.

하지만 노기 띤 얼굴을 한 암제는 좀처럼 움직이지 않았다.

허벅지에서 흘러나오는 피가 조각난 청강석 바닥을 적셨지만, 그는 미동도 하지 않았다.

자신이 완벽하게 파악하고 있는 공간에서 일어난 폭발이었다.

자신이 조금도 생각하지 못했던 일이 일어난 것이, 그를 고민하게 했다.

천하를 자신의 발아래 두기로 한 후, 처음으로 자신의 통제에서 벗어난 일이 일어났기 때문이다.

암제는 조용히 한빈을 바라봤다.

“혹시 황실에서 온 놈이더냐?”

암제는 한빈을 아래위로 살펴봤다.

암제는 그들의 대화를 대충 들었었다.

그는 사소한 것을 놓칠 인간이 아니었다. 하지만 제갈세가 사람들과 한빈이 나눈 대화를 믿을 수는 없었다.

하북팽가의 직계라는 것은 말도 안 되는 이야기였다.

하북팽가에서 저런 초식을 쓰는 인간이 있던가?

범위를 조금 넓혀서 정파에서 찾는다고 해도 저런 놈은 존재하지 않았다.

정파가 어떤 인간이던가?

남몰래 남의 등에 칼을 꽂아도 앞에서는 군자인 척 가면을 쓰고 있는 놈들이었다.

그런데 저놈은 대놓고 사악했다.

그렇다고 사파라고 볼 수도 없는 것이 사악함이 사파를 넘어서고 있었다.

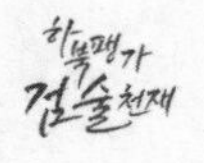

암제의 걱정대로 만약에 황실에서 온 놈이라면?

암제의 계획은 모두 틀어지게 되었다.

어떤 일이 있어도 오늘은 놈의 입을 막아야 했다.

암제가 눈썹을 파르르 떨고 있을 때 한빈은 조용히 바닥을 확인했다.

바닥은 깨진 쟁반 조각을 맞춰 놓은 것처럼 금이 가 있었다.

성한 곳도 있었고 가루가 된 곳도 있었다.

한빈은 조금 전 기억을 떠올리고는 한숨을 토해 냈다.

"후."

한빈은 이 바닥에 진천뢰가 깔린 것을 알았다.

벽력탄도 아니고 이런 대량의 진천뢰라?

바닥에 묻혀 있었기에, 한빈이 뛰어난 후각을 가지고 있지 않았다면 이 공간의 비밀은 아무도 몰랐을 것이다.

하지만 한빈도 간과한 것이 하나 있었다.

바닥에 진천뢰가 묻혀 있는 것도 알았고 그것을 어떻게 이용해야 할 것까지 알았지만, 모든 바닥 전체에 이 정도의 양이 깔려 있으리라고는 상상도 하지 못했다.

사실 한빈은 앞쪽에서 폭발을 일으킨 뒤.

그것으로 시선을 끌고 암제에게 황금색 구결을 취하려 했다.

하지만 성동격서로 암제의 옆구리에서 빛나는 구결을 취

하기 직전, 한빈의 계획은 바뀌었다.

묻혀 있던 진천뢰가 자신이 생각하던 것보다 더 많다는 것을 깨달았기 때문이다.

한빈은 재빨리 기척을 죽이고 암제가 펼친 금강현무의 범위 안에 머물러 있었다.

사실 기척을 완벽하게 숨기기란 용린검법 중 반박귀진의 초식을 사용하지 않았다면 불가능한 일이었다.

그때였다.

암제가 웃음을 터뜨렸다.

"껄껄. 이제야 상황을 알겠네. 황제가 보낸 것이 분명하군. 황실에서 내 계획을 알아챈 것이야."

"역시 영감은 천재야."

한빈은 고개를 끄덕였다.

굳이 아니라고 해 줄 필요는 없었다.

고개를 가볍게 끄덕인 한빈은 슬쩍 허공을 올려다봤다.

허공에서 빛나는 글귀를 확인하기 위해서였다.

[용안으로 구결을 확인합니다.]

[천급 구결 지(之)를 획득하셨습니다.]

[천급 구결을 최초로 획득하셨습니다. 천급 구결 획득 특권으로 일회용 초식 조삼모사가 추가됩니다.]

[조삼모사(朝三暮四)를 펼치면 내일 쓸 초식을 미리 쓸 수 있습니다. 최

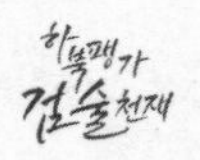

대 사 일의 초식을 미리 쓸 수 있습니다.]

한빈의 입꼬리가 소리 없이 올라갔다.

잘하면 이번 승부를 쉽게 가져갈 수도 있을 것 같았다.

마치 놀리는 듯한 초식 같지만, 조삼모사의 효용은 생각해 보면 엄청났다.

조삼모사를 쓴다면 열두 시진 후에나 쓸 수 있는 초식 혹은 시간 제약이 있는 초식을 마음 놓고 쓸 수 있다는 것이었다.

물론 공력의 한계는 있겠지만 말이다.

대충 계획을 세운 한빈은 다시 암제를 바라봤다.

"자, 이제 잔챙이들은 다 정리됐으니 둘이서 붙어 볼까?"

한빈은 해맑은 미소와 함께 월아를 앞으로 내밀었다.

마치 활시위를 당기는 궁수의 모습처럼 한빈은 월아를 겨눴다.

암제는 아직도 섣불리 움직이지 않았다.

진천뢰가 아직 남아 있을지 몰라 경계하는 모양새였다.

반면 한빈은 진천뢰에 아랑곳하지 않고 암제에게만 집중했다.

한빈의 후각으로는, 남아 있는 진천뢰는 없었다.

어찌 보면 이것은 한빈만이 아는 정보였다.

이 정보의 차이가 무력의 차이로 이어지도록 해야 했다.

한빈은 재빨리 암제를 향해 달려들었다.

'일촉즉발.'

'성동격서.'

'전광석화.'

초식을 조합한 한빈의 월아가 암제의 가슴을 노리고 달려들었다.

슝!

하지만 암제는 한빈의 월아를 가볍게 쳐 냈다.

챙!

뒤쪽으로 밀려 난 한빈이 승냥이처럼 다시 달려들었다.

파바박!

월아와 금강태륜이 허공에서 얽히자 주변으로 파공성이 퍼져 나갔다.

팡!

둘의 움직임은 마치 모든 돌을 걷어 내고 새로운 판에서 바둑을 두는 것처럼 신중했다.

같은 시각, 통로를 빠져나간 제갈공영과 제갈공려는 눈을 크게 떠야 했다.

빠져나오고 보니 그 통로는 연무장, 연무장의 중앙에 있는 우물과 연결되어 있었다.

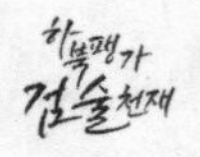

문제는 연무장을 적이 둘러싸고 있다는 것이다.

챙. 챙.

올라오자마자 병장기 소리가 제갈공영의 귓가에 들렸다.

지금은 제갈세가의 무사들이 적들에게 밀리고 있었다.

그들의 숨소리가 생생하게 제갈공영의 귓가에 울렸다.

"헉헉."

"조금만 더 버텨라."

먼저 나간 이들은 뒤를 따라온 가주를 기다리며 힘겹게 버티고 있었다.

그도 그럴 것이 제갈세가 무사들을 포위하고 있던 것은 지하 공간에서 봤던 괴인들과 똑같은 고수들이었다.

그 수는 무려 넷.

거기에 복면인들도 스무 명 정도가 있었다.

지하 공간에서 봤던 숫자보다는 적었지만, 기력을 회복하지 못한 그들에게는 재앙이었다.

제갈공영은 천천히 심호흡했다.

암제와의 한 수에서 입은 내상이 아직 완벽하게 치료되지 않은 상태였다.

그나마 다행인 것은 제갈공려가 준 내상 약을 먹었기에 급한 불은 껐다는 점.

제갈공영이 주변 상황을 파악하고 있을 때였다.

괴인의 거도가 제갈세가 무사의 목으로 날아왔다.

제갈공영은 재빨리 달려가 검을 뻗었다.

'봉황태령검.'

암제에게 펼쳤던 봉황태령장과 맥을 같이하는 제갈세가의 독문절기였다.

그의 검이 은은한 황금색 빛을 발하며 괴인의 거도를 쳐냈다.

채―앵!

제갈공영의 일 수에 괴인이 뒤쪽으로 주춤주춤 물러났다.

순간 제갈공영이 다급히 입을 막았다.

쿨럭.

입을 막았던 제갈공영의 오른손 사이로 선혈이 흘러나왔다.

순간 모두가 놀라 외쳤다.

"가주님!"

제갈공영이 도착했다는 기쁨보다는 그의 상태가 염려되었던 것.

제갈공영은 아무렇지 않게 소매로 입을 닦았다.

그의 소매에 화선지에 난을 그리듯 길게 선혈이 묻어났다.

제갈공영은 아무렇지 않게 외쳤다.

"이까짓 상처에 굴복할 제갈세가더냐? 모두 내 지시에 따라라!"

그것은 내공이 실린 외침이었다.

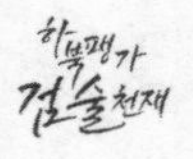

제갈세가 무사들은 고개를 돌리지 않고 적들을 바라봤다.

가주의 건재함에, 그들의 눈빛이 살아났다.

상황이 진정되자 제갈공영은 힘차게 외쳤다.

"모두 팔방진을 펼쳐라! 그리고 수와 명은 각각 북쪽과 남쪽을 맡아라. 공려는 서쪽을 맡고!"

제갈공영의 목소리에 모두는 일사불란하게 움직였다.

가주 일행이 각각 동서남북의 방위를 점하고 버티자 나머지 제갈세가의 무사들은 숨을 돌릴 수 있었다.

그때 괴인들이 각각 동서남북의 주축이 된 직계들을 공격하기 시작했다.

괴인의 거도를 제대로 받아 낼 수 있는 것은 그나마 멀쩡한 제갈공려밖에는 없었다.

제갈공려의 마음은 조금씩 급해졌다.

자신이 빨리 눈앞에 괴인을 처리하고 다른 쪽으로 합류해야 이 싸움을 끝낼 수 있었다.

그때였다.

눈앞의 괴인이 휘청였다.

갑자기 중심을 잃고 휘청이는 괴인을 본 제갈공려의 눈이 커졌다.

그것도 잠시, 제갈공려는 그 틈을 노려 괴인의 복부에 검을 박아 넣었다.

푹!

괴인이 천천히 허물어졌다.

털썩,

쓰러진 괴인의 뒤편으로 설화가 방긋 웃고 있었다.

"대체 언제 온……."

제갈공려는 말을 멈췄다.

설화가 품에서 기다란 대나무 통을 꺼냈기 때문이다.

설화는 아무렇지 않게 대나무 통 아래에 있는 끈을 잡아당겼다.

순간, 대나무 통에서 동그란 물체가 하늘로 날아갔다.

피슝!

하늘로 올라간 폭죽이 하늘에서 터졌다.

팡!

폭죽이 터지자 불꽃이 민들레 홀씨처럼 사방으로 흩어졌다.

마치 눈송이처럼 하늘에서 천천히 떨어지는 불꽃.

휘리릭!

그 모습에 팽팽히 대치하던 두 집단이 동작을 멈췄다.

격렬하던 대결이 잠시 소강상태로 흐르자 여유가 생긴 제갈공려가 물었다.

"대체 저건 뭐지?"

"제갈휘 공자에게 보내는 신호잖아요."

"그럼 설마……."

제갈공려의 눈빛이 살짝 흔들렸다.

저 불꽃이 무엇을 뜻하는지 이제야 깨달은 것이다.

제갈휘는 천잠사로 만든 끝을 잡고 있었다.

그것을 당기게 되면?

분명 지하가 물로 잠기게 될 터였다.

제갈공려가 다급하게 다시 물었다.

"그럼 그 안에 있던 팽 공자는 어떻게 되는 것이냐?"

"그야 암제라는 할배를 해치우고 올라오시겠죠."

"지하가 물에 잠길 텐데 대체 어떻게……."

"그건 걱정하지 마세요. 우리 공자님 걱정을 하는 건 염라대왕 걱정을 하는 것과 똑같아요, 언니."

"아, 그렇구나."

제갈공려는 지금 눈앞에 적이 깔려 있다는 것도 모른 채 입을 벌렸다.

하북팽가의 사 공자가 보통 인물이 아니라는 것은 알고 있지만, 저것은 아무리 생각해도 근거 없는 자신감이었다.

사실 암제의 존재를 몰랐다면 설화의 말에 고개를 끄덕였을 수도 있다.

하지만 암제의 존재를 마주한 순간을 떠올린다면, 설화의 저 자신감은 그저 바람에 불과했다.

제갈공려가 걱정 가득한 눈빛으로 설화를 바라보고 있을 때였다.

설화의 뒤쪽에서 누군가가 얼굴을 빼꼼 내밀었다.

"언니, 저 왔어요."

"왜 이렇게 늦었어?"

설화가 고개를 기울이며 묻자 청화가 답답한 듯 가슴을 두드리며 답했다.

"저만 떼어 놓고 가시면 어떻게 해요?"

"아, 그러고 보니……."

설화가 미안한 표정으로 말끝을 흐렸다.

그 표정을 본 청화가 그럴 줄 알았다는 듯 말했다.

"언니, 또 까먹었죠? 우리 중에서 저만 느리잖아요."

"이번 일이 끝나면 공자님한테 보법을 배워야겠네."

"그래야 할 것 같아요."

"그런데 현문 아저씨는 왜 안 오는 거야? 청화야."

"현문 아저씨는 확인할 게 있다고 석상 쪽으로 다시 갔어요."

청화는 우물 쪽을 가리켰다.

그곳은 자신들이 빠져나온 통로였다.

"헉, 왜 거길……."

설화가 마뜩잖은 표정을 짓자 청화가 손을 내저었다.

"현문 아저씨는 우리보다 강하잖아요."

"하긴 그렇지. 일단 이거부터 먹어."

설화는 청화에게 기름종이에 싸인 찹쌀떡을 건넸다.

청화가 활짝 웃으며 그것을 입 속에 털어 넣었다.
입을 오물거리던 청화가 목멘 목소리로 말했다.
"네, 고마워요. 언니."
그 모습을 바라보던 제갈공려는 고개를 갸우뚱했다.
이 평온함은 대체 뭐란 말인가?
조금 전까지 피가 튀는 아수라장에서 빠져나왔다.
보통이라면 제자리에 주저앉아야 정상이었다.
그런데 그들은 아무렇지 않게 대화를 나누며 체력을 보충하고 있었다.
마치 수십 년 동안 전장을 누벼 온 백전노장과 같은 분위기가 설화와 청화에게 느껴졌다.
제갈공려가 그들의 대화에 황당해하고 있을 때였다.
챙! 챙!
다시 병장기 울리는 소리가 주변을 가득 채우기 시작했다.
난데없는 폭죽의 등장으로 소강상태에 빠졌던 대결에 다시 불이 붙은 것이다.
제갈공려가 다급하게 주변을 살폈다.
그녀의 오라비인 제갈공영이 맡고 있는 방향이 가장 큰 문제였다.
제갈공영은 언제 쓰러져도 이상치 않을 상태였다.
그녀는 검을 고쳐 잡고 제갈공영이 있는 쪽을 향해 달려가려 했다.

그때 설화가 끼어들었다.

"제갈 언니는 우리 뒤쪽을 따르세요."

"그게 대체 무슨 말……."

제갈공려가 말도 맺기 전에, 설화가 청화의 옆구리를 콕콕 찔렀다.

신호를 받은 청화는 천천히 적진을 향해 걸어갔다.

들고 있던 금륜마저 천으로 만든 가방 속에 넣어 어깨에 멘 청화는 완전히 빈손이었다.

청화의 등장에 적들은 고개를 갸웃했다.

그도 그럴 것이 흰색 무복의 소녀가 올망졸망 눈을 빛내며 다가오니 적이라는 생각이 되지 않았다.

뒤쪽에서 뒷짐을 지고 따라오는 설화도 그들의 눈에는 청화와 다를 바 없었다.

아무것도 모르는 소녀 둘이 갑자기 아수라장에 왜 나타난다는 말인가?

그렇다고 안심할 수도 없는 것이 이곳에 나타났다면 반드시 그 이유가 있었다.

이 아수라장에 나타났다는 것은 아무것도 모르는 여자아이거나 모든 것을 통제할 수 있는 반로환동의 고수이거나 둘 중 하나였다.

본래 강호에서 가장 조심해야 할 것이 늙은이와 여자 그리고 아이라 하지 않았는가.

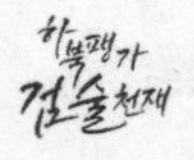

이곳을 지키던 그들의 생각은 똑같았다.

그들은 검을 세우면서도 함부로 청화에게 달려들지 않았다.

청화는 경계의 눈빛을 보이는 그들을 향해 아무렇지도 않게 걸어갔다.

그때였다.

청화를 경계하며 검을 겨누던 적이 쓰러졌다.

털썩.

청화는 손 하나 꿈쩍하지 않았는데 적이 쓰러진 것이다.

거기에다가 쓰러진 적은 입에서 거품을 물고 눈을 까뒤집고 있었다.

모든 것이 순식간에 일어난 일이다.

청화를 경계하던 적들이 뒤로 주춤주춤 물러섰다.

그중 하나가 말했다.

"독이다, 독. 다들 조심해!"

"저건 독이 아니야."

"그게 무슨 말인가?"

"독이라면 옆에 있던 나도 당해야 하잖아."

"그렇다면 독을 묻힌 암기?"

"저 아이들이 손을 움직이는 것을 봤는가?"

"그러고 보니……."

"저 아이들이 입이라도 뻥끗했는가?"

"그렇다면 저 수법은 대체 무엇……."

그는 말을 맺지 못했다.

자리에서 털썩 쓰러져 게거품을 물었기 때문이었다.

그는 죽어 가는 목소리로 말했다.

"심(心), 심……."

그는 가슴을 움켜쥔 채 고개를 바닥에 파묻었다.

동료는 그 모습에 어깨를 가늘게 떨었다.

아무리 생각해도 '심' 자로 시작되는 수법이 기억나지 않았다.

"심이라……."

뒤로 물러나며 청화를 바라보던 그의 두 눈은 지진이 난 것처럼 흔들렸다.

공포에 사로잡힌 그는 다른 이들을 향해 말했다.

"심검(心劍)이다!"

"뭐라고? 심검이라고?"

"대체 어떻게 저런 고수가 나타났다는……. 악!"

그들 중 하나가 다시 말을 맺지 못하고 쓰러졌다.

적들은 순식간에 혼돈에 빠졌다.

그들의 주인인 암제도 구사하지 못하는 것이 심검이었다.

그런데 저리 어린 소녀가 구사한다는 것은?

딱 하나의 가능성밖에 없었다.

그것은 저 소녀가 반로환동한 전대 고수라는 것.

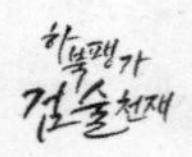

그리고 저 소녀의 무위가 무림삼존의 위에 있다는 것.

그들 중 하나가 말했다.

“일단 뒤로!”

복면인들은 썰물처럼 진영에서 이탈했다.

이제 남은 것은 세 명의 괴인밖에 없었다.

그 광경을 바라본 제갈공영은 아연실색했다.

“청출어람이라더니 옛말이 틀리지 않았구나!”

“언니, 그게 무슨 말이에요?”

“팽 공자와 닮아서 하는 말이지, 하하.”

제갈공려가 어색하게 웃었다.

그녀는 청화가 공독지체라는 것을 제갈공영에게 들어서 알고 있었다.

지금 수법은 공독지체 특유의 체질로 만들어 낸 독공을 이용한 것일 터였다.

그것을 심검으로 보이게 만들어 적의 사기를 단번에 꺾어 놓은 계책. 제갈세가에서 몇 손가락 안에 드는 머리라 평가받는 제갈공려로서도 생각지 못한 것이었다

어찌 보면 저들의 무위보다 머리가 더 무서웠다.

그때였다.

설화가 청화에게 말했다.

“강호에서는 실력의 구 할을 숨겨야 하는 법이라고 했잖아, 청화야. 그렇게 밑천 다 드러내면 어떻게 해.”

"이게 구 할을 숨긴 건데요."

"아, 숨겼구나."

설화가 어이없다는 표정으로 청화를 바라봤다.

그들의 대화에 제갈공려는 턱이 빠질 듯 입을 벌렸다.

이제는 더는 놀랄 것이 없다고 생각했는데 계속해서 상상도 못 할 일들이 나타나기 때문이었다.

제갈공려가 멍하니 설화와 청화를 바라보고 있을 때였다.

설화가 고개를 갸웃했다.

그 모습에 청화가 물었다.

"왜 그래요? 언니."

"내가 폭죽 터뜨렸잖아."

"네, 저도 봤어요. 아주 화려하게 터졌죠."

"그런데 왜 반응이 없지?"

"반응이라니요?"

"공자님이 기관 장치의 이름이 동귀어진이라고 했잖아. 그게 발동되면 경천동지할 일이 벌어질 거라고 나한테 말씀하셨거든."

"저도 들었어요."

"그런데 경천동지할 일이 어디서 벌어지냐는 말이지? 너무 조용하지 않아?"

"그렇다면……."

"가능성은 딱 하나지."

"헉, 그럼 제갈휘 공자가……."

"맞아. 저 강 건너가 잘못되었다는 이야기지. 일단 내가 가 볼게."

"저도 같이 가요, 언니."

"너는 조금 느리잖아."

"저를 업고 가면 되잖아요. 그리고 헤엄은 제가 더 잘 치는데."

"그래, 알았어. 업혀."

"네, 고마워요. 언니."

"그럼 당과 하나 빚진 거다."

"알았어요, 언니."

청화는 고개를 끄덕이며 설화의 등에 업혔다.

청화를 업은 설화는 고개를 돌려 제갈공려를 바라봤다.

"제갈 언니, 여기는 언니한테 맡겨도 되겠죠. 조금 있으면 현문 아저씨도 올 테니 믿고 맡길게요."

"어, 그래."

"그럼 저희는 가 볼게요."

"조심해서 다녀오고."

"네, 알았어요. 언니, 헤헤."

설화는 활짝 웃으며 자리에서 사라졌다.

그들이 점점이 사라지자 제갈공려는 재빨리 제갈공영의 곁으로 가 힘을 보탰다.

괴인들의 반격도 만만치는 않았다.

겁을 먹고 도망간 다른 무사들과는 달리, 괴인들은 죽음을 두려워하지 않았다.

마치 규칙적으로 도는 수레바퀴처럼 묵묵히 검을 휘둘렀다.

제갈공려는 그들을 사로잡고 싶었다.

지하 공간에 남아 있는 암제가 이 조직의 머리가 아니라면?

생각만 해도 끔찍했다.

이들을 뿌리 뽑기 위해서는 괴인 중 하나를 반드시 사로잡아야 했다.

하지만 저항이 너무 거셌다.

휑!

우지끈!

지금도 제갈세가의 무사 하나가 종잇장처럼 접힌 채 나가떨어졌다.

그때였다.

멀리서 말발굽 소리가 들려왔다.

따가닥.

따다닥.

제갈공려는 슬쩍 고개를 돌려 소리가 나는 방향을 바라봤다.

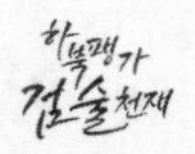

멀리서 황토색 먼지가 자욱하다.

얼핏 봐서는 대규모의 병력이 이동하는 듯 보였다.

제갈공려는 뒤쪽으로 물러나 그들의 정체에 대해 고민했다.

저들이 적이라고 한다면 이곳에서 빨리 후퇴해야 했기 때문이었다.

그러나 곧 제갈공려의 표정이 환해졌다.

황토색 먼지구름 사이로 얼핏 깃발이 보였기 때문이었다.

분명 정의맹의 표식이었다.

제갈공려는 자신도 모르게 한숨을 내쉬었다.

"휴."

이제 이곳이 정리되는 것은 시간문제일 것이었다.

정의맹이 왔다면 무공 고수만 온 것이 아니라 기관진식을 해체할 장인들도 같이 왔을 것이며, 적당량의 벽력탄도 가져왔을 것이 분명했다.

이제 지하에 혼자 남아 악전고투를 펼칠 팽가의 사 공자를 구할 수 있었다.

한편 무너진 석상 틈으로 한빈과 암제의 대결을 바라보는 이가 있었다.

그는 바로 통로를 탈출하려다가 다시 이곳으로 온 현문이었다.

현문이 이곳으로 온 것은 한빈에게 빚이 있어서였다.

오다가다 만났지만, 자신에게 깨달음을 준 은인을 그대로 사지(死地)에 버려두고 간다라?

그것은 이치에 맞지 않았다.

한빈이 죽는다면 최소한 시신을 수습해 줄 사람은 있어야 하지 않겠는가?

현문은 한빈의 죽음을 확신했다.

그도 그럴 것이 현문이 느낀 암제의 무위는 측정이 안 될 정도였다.

한빈의 시신을 수습하고 나면 암제를 찾아 결투를 신청할 것이었다.

그리고…….

예상되는 결과는 뻔했다.

목이 떨어져 나가는 것은 현문이 될 터.

그것이 은인에 대한 도리이자 복수라 생각했다.

하지만 문틈으로 바라보고 있는 둘의 대결은 현문의 예상 밖이었다.

한빈의 검술은 그야말로 기본에 충실했다.

기본에 충실하다는 건 무엇일까?

한빈을 만나기 전이라면 대답하기 어려운 이야기일 것이

었다.
하지만 지금 그 해답을 내놓는 것은 그리 어렵지 않았다.
한빈의 검은 빠르고 정확했다.
그야말로 검술의 교과서였다.
그런데 그 빠르고 정확함이 인간의 한계를 넘어선 것이다.
지금도 한빈과 암제의 병장기 부딪치는 소리가 현문의 귓가에 울린다.
챙! 챙!
어찌나 둘의 동작이 빠른지.
그들의 모습과 소리에 있어 차이가 생길 정도였다.
그들의 동작은 소리보다도 빨랐다.
그때 현문이 입을 벌렸다.
"헉!"
그들의 동작이 한 단계 더 빨라졌다.
저것은 말도 안 되는 상황이었다.
화경에 도달한 자신이 볼 수 없는 동작이라니!
화경 중에도 단계가 있다는 것을 모르는 것은 아니었다.
혹시 화경의 중입이라 하는 오 경을 넘어선 것일까?
그때 다시 소리가 울려 퍼졌다.
피슝!
병장기가 파공성을 내더니 한빈과 암제가 반대 방향에서 나타났다.

암제의 어깨에서 가느다란 핏줄기가 흘러내린다.

암제는 웃고 있었다. 상대인 한빈의 상태가 더욱 심각했기 때문이었다.

한빈의 가슴에는 횡으로 된 선혈이 피어오르고 있었다.

암제에 비한다면 그 상처가 몇 배는 되는 것 같았다.

횡으로 나타난 핏물이 이제는 종으로 흘러내린다.

하지만 한빈의 붉은 무복 때문에 그렇게 심각해 보이지는 않았다.

물론 붉은색 무복만으로 암제의 예리한 눈빛을 피해 갈 수는 없었다.

암제가 나지막한 소리로 말했다.

"아이야, 이쯤 해서 포기하는 것이 어떠하냐? 사실 노부는 꽤 놀랐구나."

"사람을 이 지경으로 만들고 놀라기는……."

"처음에는 너를 십 년 뒤 만났다면 승패를 가늠할 수 없을 거라고 생각했었다. 그런데 지금은 딱 삼 년이구나. 그 삼 년의 차이가 생사를 구분하는 선이 될 줄은 너도 몰랐겠지……. 허허."

"사람 잡는 백정이 꼭 도인처럼 말하고 있네. 어쩌다 보니 뼈를 주고 뼈를 취하는 꼴이 되어 버린 게 아쉬워."

"살을 내주고 뼈를 취한 게 아니란 말이냐?"

"지금 내 꼴을 보고 말해. 이게 어디 살을 내준 걸로 보여?

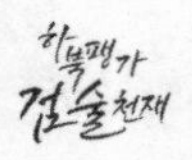

뼈 두 개를 내주고 한 개를 취한 거지."

"허허, 자신의 처지를 잘 아는 것도 대견하군."

암제는 한빈을 보고는 씩 웃었다.

암제는 한빈이 진심으로 대견했다.

저 젊은 나이에 이 정도의 성취를 이룬 자는 무림 역사상 없었다.

암제는 한빈을 거두지 않기로 했다.

그냥 거두기에는 너무 위험한 인물이었다.

진득한 미소를 짓던 암제가 눈을 가늘게 뜨고 있었다.

한빈이 마주 웃고 있었기 때문이었다.

한빈이 웃고 있는 이유는 간단했다.

[용안으로 구결을 확인합니다.]

[천급 구결 역(易)을 획득하셨습니다.]

[천급 - 지(之), 역(易)]

천급 구결이 두 개나 모였기 때문이었다.

거기에 더해 암제의 몸에는 황금빛 점이 두 개나 빛나고 있었다.

한빈은 눈앞에 나타난 글귀와 암제의 몸에서 빛나고 있는 황금빛 구결을 번갈아 바라봤다.

저 구결을 취하기는 쉽지 않을 것이었다.

남은 두 개가 있는 곳의 위치는 묘하게 암제의 백회혈과 심장이었다.

어깨나 옆구리를 내줄 수는 있지만, 정수리와 심장은 끝까지 보호해야 할 급소였다.

사실 두 개의 구결을 획득한 것도 한빈에게는 천운이었다.

모든 것이 천급 구결을 최초 획득하고 얻은 특권 덕분이었다.

한빈은 시간 제약 없이 초식을 효율적으로 운용하고 있었다.

암제는 아마도 한빈의 진짜 무위보다도 훨씬 높게 평가하고 있을 터였다.

사실 한빈도 암제에게 놀라기는 마찬가지였다.

특권을 얻어서 싸우고 있는 지금 상태는 본래 경지보다 두 단계 정도를 뛰어넘어 있었다.

그런데 아직도 암제가 위였다.

다만, 노련함에서 한빈이 미세하게 앞서고 있었다.

현재의 나이 차이로 본다면 노련함에서 앞서고 있다는 것이 어불성설일 테지만, 전생의 경험까지 합친다면 한빈이 앞섰다.

이렇게 생사가 오간 현장을 경험한 것도 한빈이 더 많을 터였다.

아마 암제는 그 노련함에 놀라고 있을지도 몰랐다.

한빈은 지금 한시바삐 동귀어진이 작동되기를 바라고 있었다.

만약에 이곳에 물이 차오른다면 그 노련함이 경지의 차이를 해소해 줄 것이었다.

아무리 암제라고 할지라도 수공까지 익혔을 리는 만무했다.

이곳에 물이 차오른다면 구결을 조금 더 쉽게 획득할 수 있을 것이다.

그때 한빈은 피를 토해 냈다.

울컥!

선혈이 입에서 분수처럼 쏟아졌다.

가슴으로 들어간 암제의 진기가 속을 진탕시키고 있는 것이었다.

한빈은 아무렇지 않게 소매로 입가에 묻은 선혈을 닦아 냈다.

소매에 묻어 나오는 내장 조각에 암제가 씩 미소를 지었다.

"이제 마지막이구나. 잘 가라, 아이야."

암제가 금강태륜을 들고 한빈을 향해서 짓쳐 들었다.

암제는 이제는 거리낄 것이 없다는 듯 기세를 완전히 개방했다.

암제의 기세에 바닥에 흩어진 청강석 조각이 반응한다.

지면에서 일 촌 정도 떠올랐다 가라앉았다를 반복하는 청강석 조각.

그것은 진정한 패황의 기세였다.

한빈은 미간을 좁히며 다가오는 암제를 바라봤다.

다만, 먹잇감이 아닌 마치 덫을 놓은 사냥꾼의 눈빛이었다.

암제는 한빈에게 숨겨 놓은 한 수가 있다는 것을 모르고 있었다.

한빈이 내장 조각을 뱉어 낸 것은 맞았다.

누구보다 죽음을 앞둔 상황이었다.

하지만 용린검법의 기사회생은 한빈의 숨이 멎지 않은 한 신체의 구 할을 회복시킬 수 있었다.

'기사회생.'

한빈은 동시에 다른 초식을 펼쳤다.

'금선탈각.'

순간 암제의 금강태륜이 한빈의 상체를 횡으로 그었다.

털썩.

한빈의 신형이 무너졌다.

그 모습에 암제가 입맛을 다셨다.

"재롱 떠느라 고생했다, 아이야."

암제는 금강태륜에 묻은 피를 털어 냈다.

탁!

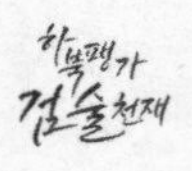

순간 암제는 고개를 갸웃했다.

금강태륜에 묻은 피가 너무 적었기 때문이었다.

사람을 반 토막 내고 묻은 피의 양이 아니었다.

그때 뒤에서 바람이 불어왔다.

획!

고개를 돌리기도 전에 암제의 등에 검이 박혔다.

푹!

암제는 몸을 돌려 금강태륜으로 상대를 쳐 냈다.

팡!

하지만 파공성만 낼 뿐 허공만을 가격했다.

등을 찌른 한빈은 멀찌감치 떨어져 암제를 보며 웃고 있었다.

암제가 황당한 눈으로 바닥을 살폈다.

바닥에 떨어진 것은 한빈의 몸이 아니라 그저 의복에 불과했다.

다시 고개를 돌려 한빈을 바라보니 상의를 벗은 채 검을 겨누고 있었다.

순간 암제의 눈이 커졌다.

한빈의 상체에는 그 어디에도 상처가 없었다.

암제의 눈가가 살짝 떨렸다.

이것은 알 수 없는 존재에 대한 두려움이었다.

잠시 소강상태가 이어졌다.

한빈과 암제는 열 걸음을 사이에 두고 서로 기수식을 취했다.

마치 초보 무사처럼 가장 기본적인 자세를 취하고 서로를 노려보고 있을 뿐, 다른 동작은 하지 않았다.

긴 침묵 속에 암제가 나지막이 말했다.

"가장 기본적인 것이 가장 무서운 것이지."

"……."

하지만 한빈은 아무런 대꾸를 하지 않았다.

그 모습에 암제가 고개를 갸우뚱했다.

격전 중에도 잠시도 입을 쉬지 않았던 한빈이었다.

그런데 아무런 대꾸를 안 한다.

암제는 갑자기 등골이 서늘해졌다.

그러고는 재빨리 가장 익숙한 보법인 태륜보를 밟았다.

원을 그리면서 암제의 몸이 제자리에서 사라졌다.

그때였다.

팡!

무형의 기운이 암제가 있던 자리를 스치고 지나갔다.

그 기운이 벽 쪽에 작렬했다.

꾸아-앙!

암제는 벽을 바라봤다.

벽은 삭제된 것처럼 세 걸음 정도의 깊이로 파여 있었다.

암제는 입을 꾹 닫고 한빈을 향해서 달려들었다.

거리를 주면 안 된다는 것을 깨달은 것이다.

자신을 향해 달려드는 암제를 본 한빈은 입맛을 다셨다.

지금의 일수는 진룡파혼검이었다.

기를 모으는 시간이 길기에 상대가 움직이지 않아야 펼칠 수 있는 초식이었다.

조금만 더 늦게 피했다면 암제는 이 세상 사람이 아닐 터였다.

그때였다.

갑자기 바닥이 흔들리기 시작했다.

한빈은 구걸십팔보로 흔들리는 바닥에서 벗어났다.

짓쳐들어오는 암제와 몸을 피하는 한빈 사이로, 거대한 물줄기가 솟구쳤다.

파-앙!

거대한 고래가 뿜어내듯 물줄기가 솟구치자, 암제가 주변을 둘러봤다.

그 모습에 한빈이 씩 웃었다.

아무래도 자폭장치에 가까운 동귀어진 기관에 대해서 모르는 것 같았기 때문이다.

암제는 슬쩍 천장을 올려다봤다.

그 모습을 본 한빈이 말했다.

"저기가 통로 맞지?"

"네놈이……."

"딱 보면 알잖아."
"내 반드시 네놈을 여기 묻겠다."
말을 마친 암제는 금강태륜에 내공을 불어 넣었다.
순간 한빈이 그의 다음 초식을 경계하며 물러났다.
하지만 암제의 모습에 고개를 갸우뚱해야 했다.
손에 든 금강태륜이 조각난 것이었다.
조각난 금강태륜은 각각 네 개의 작은 륜으로 바뀌었다.
그 크기는 금륜보다도 작았다.
암제는 그 소륜을 손가락 사이에 끼었다.
암제는 의미심장한 미소를 지어 보이며 한빈에게 다가왔다.
"내가 강호에서 이 수법까지 보여 줄 놈이 있으리라고는 생각지도 않았다. 이 초식의 이름은 말해 주지 않겠다. 저승에 가서 염라대왕에게 물어보아라."
말을 마친 암제는 오른손을 뻗었다.
순간 네 개의 금륜이 한빈을 향해서 날아온다.
암제는 재빨리 천장으로 왼손을 뻗었다.
왼손에 있던 네 개의 소륜이 천장으로 날아갔다.
한빈은 재빨리 자리를 피했다.
그가 있던 자리로 네 개의 소륜이 스쳐 지나갔다.
소륜을 피한 한빈은 재빨리 고개를 숙였다.
위쪽에서 날아오는 소륜 때문이었다.

그것을 피하자 뒤쪽 벽을 가격하고 튕겨 나온 소륜이 다가온다.

한빈은 재빨리 상황을 살폈다.

튕겨 나온 소륜들이 점점 빨라지고 있었다.

암제가 보이지 않는 내공으로 소륜을 통제하고 있는 것이 분명했다.

한빈은 자신이 피할 공간이 점점 없어지고 있다는 것을 깨달았다.

암제가 천장으로 던졌던 네 개의 소륜은 불규칙하게 아래위로 계속 튕기고 있었고 나머지 네 개는 횡으로 왕복하고 있었다.

아마도 물이 차오르기 전에 저 소륜에 몸이 조각날 수도 있었다.

한빈은 땅에 떨어진 검 하나를 주웠다.

그러고는 재빨리 초식 하나를 떠올렸다.

'만천파검.'

동시에 그 검을 허공으로 던졌다.

용린의 기운을 품은 검이 눈 깜짝할 사이에 천 개로 갈라진다.

빠직!

그 검이 비처럼 쏟아졌다.

투두둑.

한빈은 떨어지는 천 개의 검 조각을 바라봤다.
그러고는 이내 눈을 크게 떴다.
소륜을 막기에는 파검의 위력이 너무 미약했기 때문이었다.
그때였다.
푸아앙!
바닥의 여기저기에서 물이 차올랐다.
순간 상하로 왕복하던 소륜이 물에 닿더니 힘을 잃었다.
물은 순식간에 허리까지 차올랐다.
그때 한빈은 묘한 현상을 발견했다.
소륜이 힘을 잃자 암제의 낯빛이 점점 파랗게 변함을 느낀 것이다.
마치 소륜과 암제의 내공이 하나인 듯한 느낌이었다.
한빈은 재빨리 암제의 품에 파고들었다.
'일촉즉발.'
순식간에 암제의 앞으로 간 한빈이 그의 심장에 월아를 박아 넣었다.
툭!
묘한 소리가 암제의 가슴에서 울렸다.
한빈이 눈을 크게 떴다.
월아가 암제의 가슴에서 튕겨 나온 것이다.
거기에 한빈을 안은 암제의 팔이 점점 조여들었다.

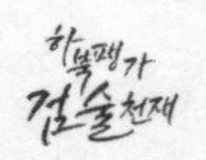

승기를 잡았다고 생각한 암제가 지그시 미소 지으며 입을 열었다.

"드디어 잡혔구나. 내가 내 제자들을 금강불괴로 만들고 내 몸은 그냥 뒀을 것 같더냐, 아이야? 내 심장은 현철로도 뚫을 수 없다."

순간 한빈의 머리가 빠르게 돌아갔다.

월아로 못 뚫는다면 혈랑검으로도 불가능할 것이 뻔했다. 이제 공격할 수 있는 간격이 점점 없어지고 있다.

순간 한빈의 입가에 미소가 번졌다.

"정답을 말해 주니 싱겁네. 이거라면 어떨까?"

한빈이 다리에서 반 토막짜리 검을 빼어 들었다.

한빈은 검 자루가 없는 검신을 맨손으로 쥐고 있었다.

검신의 정체는 사천당가에서 얻은 용린검의 반 토막이었다.

어찌나 세게 쥐었는지 검신을 잡은 한빈의 맨주먹 사이로 핏물이 흘러나온다.

한빈은 자신의 손아귀에는 아랑곳하지 않고 암제의 가슴에 검신을 박아 넣었다.

푹.

검신이 암제의 가슴을 파고들었다.

하지만 손가락 굵기만큼 파고든 검은 둔탁한 소리와 함께 튕겨 나오려 했다.

이 반 토막짜리 검의 정체는 용린검의 반쪽.

한빈은 재빨리 검날을 쥔 손에 공력을 담았다.

한빈의 주먹 사이로 핏물이 주르륵 흘러나왔다.

이제 실력편의 공력은 바닥을 드러낸 지 오래.

지금은 본신 공력을 사용하고 있었다.

여기서 밀리면 기회는 없었다.

슉!

한빈의 검이 암제의 가슴을 조금 더 파고들었다.

깜짝 놀란 암제가 한빈을 노려봤다.

하지만 암제는 방어를 선택하지 않았다.

한빈을 끌어안고 있는 팔에 더욱 힘을 가했다.

한빈이 자신의 가슴을 못 뚫는다고 생각한 것 같았다.

그가 자신의 가슴에 검을 찔러 넣는 것보다, 자신이 그의 허리를 부러뜨리는 것이 빠르다고 생각한 것이다.

투득.

한빈의 검이 그의 가슴뼈를 긁었다.

암제가 눈을 가늘게 뜨더니 한 손으로 검신을 쥔 한빈의 손을 움켜잡았다.

한빈이 찔러 넣은 검신을 밀어 내는 동시에, 검날을 잡은 한빈의 손가락을 노린 수법이었다.

암제의 수가 통한다면 검날을 통째로 움켜쥐고 있는 한빈의 손가락은 성치 못할 것이었다.

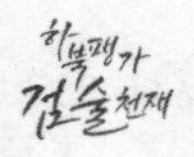

검신을 쥔 한빈의 손과 암제의 공력이 그들 사이에서 충돌했다.

투두둑.

둘 사이에 무형의 기운이 피어 올랐다.

그것도 잠시, 한빈의 공력은 바닥을 드러냈다.

한빈의 내공이 희미해지자, 암제가 비릿하게 웃음을 지었다.

검신을 쥔 한빈의 주먹에서는 이제 피가 줄기줄기 흘러내리고 있었다.

동시에 얼굴은 더욱 희멀거니 보였다.

출혈이 너무 심했기 때문이다.

그 모습을 본 암제가 희미하게 웃었다.

"이제 힘이 다 됐구나, 아이야."

"……."

한빈은 아무 말 없이 암제를 바라봤다. 굳이 입으로 말할 필요는 없었다.

대신 용린검법의 초식을 머릿속으로 떠올렸다.

'금의환향.'

금의환향은 구결과 본신 내공을 구 할 회복시킬 수 있는 수법이었다.

희미해지던 한빈의 내공이 단전으로 해일처럼 밀려 들어왔다.

스스슥.

밀려들어 온 내공은 한빈이 잡은 검신에도 전해졌다.

다시 한빈과 암제의 내공이 그네를 타듯 주거니 받거니 하자, 검신이 흔들렸다.

순간 암제의 눈이 커졌다.

분명 자신이 움켜쥔 악력은 검신을 쥔 한빈의 손가락의 세맥(細脈)을 토막 내 놨을 것이었다.

그런데 이렇게 내공을 일으킨다는 것이 이해가 안 되었다.

그때였다.

한빈이 쥔 손아귀에서 강대한 내공이 자신의 손에 밀려든다.

불길한 느낌이 암제의 등줄기를 타고 올라왔다.

암제는 재빨리 손을 떼려 했다.

하지만 암제의 손은 한빈의 손에서 떨어지지 않았다.

게다가 상대의 손아귀에 자신의 내공이 빨려 들어가는 것이 느껴졌다.

암제가 한빈을 껴안았던 한 손을 놓고 일장을 날리려 할 때였다.

앞쪽에서 막대한 기운이 쏟아졌다.

쐬악!

노도처럼 밀려드는 상대의 기운에 암제는 금강소혼장으로 맞받았다.

금강소혼장은 금강역사를 소환하는 듯한 막대한 힘을 일장에 몰아넣은 암제의 수법.

그가 내뻗은 일장에는 금강역사가 현신한 듯한 투명한 기운이 일렁였다.

팡!

암제가 내뻗은 고강한 장력에, 한빈의 기운이 밀린다.

그런데 이상한 일이었다.

이전과 마찬가지로 자신이 보낸 기운이 되돌아온다.

'이화접목의 수법이라?'

하지만 그것이 끝이 아니었다.

암제와 한빈의 내공은 마치 비무를 하듯, 마주친 서로의 손바닥에서 한바탕 결전을 치르고 있었다.

암제는 눈매를 좁혔다.

한빈의 장력이 변했기 때문이었다.

들이쳐 오는 한빈의 장력은 자신의 금강소혼장을 교묘하게 피해 갔다.

그렇게 넘어온 기운이 갑자기 변한다.

암제의 금강소혼장이 넓은 나뭇잎이라면, 한빈이 내뿜는 기운은 가시와도 같았다.

그 가시가 향한 곳은 손가락 굵기만큼 박혔던 검신.

한빈은 희미하게 웃었다.

한빈이 쓴 초식은 자승자박과 성동격서였다.

처음이라면 먹히지 않았을 성동격서였지만, 약해진 암제에게는 통했다.

성동격서로 금강소혼장을 피한 한빈의 기운이 일촉즉발의 기세로 검신으로 향한 것이다.

한빈의 기운이 검신에 적중하자, 마치 망치가 치는 듯한 소리가 울렸다.

퉁!

그 소리와 동시에 용린검의 검신이 암제의 등을 뚫고 나왔다.

푹!

순간 한빈의 앞에는 글귀가 나타났다.

[용안으로 구결을 확인합니다.]

[천급 구결 지(地)를 획득하셨습니다.]

[천급 - 지(之), 역(易), 지(地)]

글귀를 확인한 한빈은 암제를 바라봤다.

순간 한빈의 눈이 커졌다.

암제의 정수리에서 빛나고 있던 황금빛 점이 사라졌기 때문이다.

한빈은 힐끔 허공을 바라봤다.

기사회생을 써서라도 살려야 하나를 고민했다.

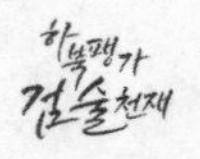

한빈은 작게 고개를 저었다.

이제는 물이 허리까지 차오른 상태였다. 더는 시간을 끌어서는 안 되었다.

중요한 것은, 암제는 한빈이 가지고 놀 상대가 아니라는 점이다. 마지막 깨달음이 없었다면 쓰러지는 것은 한빈이 되었을 것이 분명했다.

그때였다.

비틀거리던 암제가 입을 열었다.

"왜냐?"

짧지만 내공이 담긴 음성이었다.

심장이 꿰뚫린 상태에서도 이렇게 말하는 것을 보면 그의 내공이 얼마나 고강하였는지 알 수 있었다.

심장에서 역류하는 피를 남은 내공을 써서 조절하는 것이 분명했다.

하지만 한빈은 아무렇지 않게 되물었다.

"뭐가?"

한빈이 고개를 갸웃하며 묻자, 암제가 힘없이 물었다.

"나와 원수진 일도 없거늘, 왜 그렇게 목숨을 바쳐 내 일을 방해했느냐?"

"먼저 시비를 건 것은 영감이잖아."

"내가 시비를 걸다니……."

"영감은 하북팽가와 무슨 관계가 있다고 사돈의 팔촌까지 그렇게 건드린 거야?"

"하북팽가라……. 정말 하북팽가의 자식이더냐?"

"아까 말하는 거 들었잖아."

"하북팽가에서 그런 검술을 쓰더냐?"

"물론 하북팽가에서는 안 쓰지."

"그런데 네가 하북팽가 사람이라고?"

"이래 봬도 자수성가한 사람이거든."

"견부가 호자를 낳았군."

"죽어 가는 양반이 말이 너무 기네."

한빈이 턱짓으로 암제의 가슴에 박힌 검신을 가리켰다.

"뭐, 내가 죽는다고 해서 한번 쏜 화살이 멈추겠는가?"

"그건 무슨 말이지?"

"비밀일세."

"비밀이라……."

한빈이 말끝을 흐리자 암제가 모든 것을 포기한 듯 웃었다.

"하하, 그래도 마지막을 너와 함께할 수 있어 좋구나."

"내가 왜 영감하고 같이 있어? 나는 나가서 할 일도 많은 사람이야!"

"과연 네 뜻대로 될까? 이제 여기는 완벽한 밀실이거늘."

"과연 영감이 여기를 밀실로 만들어 놨을까? 천하무적인 영감이 탈출로도 없이 문을 다 막았다는 건 이해가 안 되는

데…….”

“보기보다 머리가 좋은 것 같다만은 그건 나만이……. 쿨럭!”

암제는 말을 맺지 못했다.

검은 피를 한 움큼 토했기 때문이었다.

한빈은 아무 말 없이 천장을 바라봤다.

암제의 계산이 틀렸다는 것을 한빈은 알고 있었다.

탈출구는 이미 봐 뒀었다. 한빈이 퇴로도 확보하지 않고 싸우는 바보는 아니었다.

그때였다.

암제가 뒤로 쓰러졌다.

허리까지 차오르는 물속으로 암제의 몸이 잠겼다.

한빈은 암제에게 다가갔다.

암제의 가슴에 꽂았던 용린검의 반쪽을 회수하기 위해서였다.

서서히 다가가는 한빈의 눈앞에 섬광이 번쩍했다.

한빈은 동시에 뒤로 한 발 물러서며 암기를 피했다.

암기의 정체는 소륜이었다.

물속으로 쓰러지면서 우연히 소륜 하나를 잡은 것 같았다.

휙!

소륜이 한빈의 귓가를 스치고 날아갔다.

이번에 피했어도 암제가 던진 소륜은 다시 제자리로 돌아오게 되어 있었다.

한빈은 암제를 견제하며 뒤쪽에서 날아올 소륜에 신경을 썼다.

하지만 소륜은 돌아오지 않았다.

한빈은 천장을 바라봤다.

소륜이 천장에 박혀 있었다. 그 주변을 자세히 보니 소륜이 박힌 곳을 중심으로 불꽃이 일어난다.

소륜이 내는 섬광이 아니라, 분명히 불꽃이었다.

불꽃의 정체는 분명히 심지.

한빈은 주변 상황을 살폈다.

만약 저기에 폭약이 설치되어 있다면?

지금은 용린검의 반쪽을 회수할 시간이 없었다.

후에 이곳을 파헤쳐서 저 많은 야명주와 함께 용린검의 반쪽도 찾으면 되었다.

본능이 이곳에서 빠져나가라고 외친다.

한빈은 재빨리 자리에서 튀어 올랐다.

'일촉즉발.'

한빈은 벽을 향해 날아갔다.

벽에 도착하자 한빈은 내공을 실어 다시 그곳을 박차고 천장을 향해 날아갔다.

한빈이 향하는 곳은 탈출구가 있다고 예상되는 장소였다.

그가 봐 둔 탈출구는 이전에 연기를 모두 흡수하던 구멍이었다.

한빈이 관찰한 바에 의하면 흡수되었던 연기는 다시 돌아오지 않았다.

그것은 통로가 외부와 연결되어 있다는 증거.

천장에 매달린 종 뒤에 있을 통로에 거의 도착했다.

남은 거리는 불과 열 걸음.

그때 뒤쪽에서 웃음소리가 들린다.

"껄껄껄."

하지만 한빈은 오직 통로가 있을 종을 향해 나아갔다.

이제는 불과 세 걸음.

그때 한빈의 눈앞에 번쩍였다.

이어서 들리는 폭음.

쿠아앙!

앞쪽에서 느껴지는 뜨거운 열기.

한빈은 재빠르게 가장 이곳을 빨리 벗어날 수 있는 보법을 전개했다.

그것은 구걸십팔보가 아니었다.

'금선탈각.'

다시 한번 금선탈각을 쓰자 한빈의 신형은 그 자리에서 사라졌다.

한빈이 사라진 자리를 화마가 삼킨다.

화르륵.

연이어 들리는 폭음에 지하 공간이 흔들린다.

그냥 느낌이 아니라, 위쪽이 무너지고 있었다.

위쪽을 지탱하고 있던 벽돌이 조각난 채 비가 되어 쏟아졌다.

우두둑.

거기에 더해 수맥을 건드렸는지 천장에서도 물이 흘러나왔다.

쏴아악!

혼란스러운 소리에 섞여 암제의 웃음소리가 가끔 들려왔다.

"껄껄."

하지만 그 웃음에 실린 기운도 점차 사그라들었다.

사그라든 것이 아니라 폭발음에 묻혔다.

꾸아앙!

쾅, 쾅!

위쪽에서 돌덩이가 비 오듯 쏟아진다.

가치를 헤아릴 수도 없는 야명주와 함께.

툭, 툭.

생각 같아서는 야명주를 모두 수거하고 싶지만, 지금 그럴 상황이 아니었다.

그래도 손에 잡히는 야명주 몇 개는 품속에 넣었다.

'구걸십팔보.'

'전광석화.

한빈은 돌덩이를 피하다가 눈을 크게 떴다.

위쪽에서 돌덩이와 물이 쏟아지고 아래쪽으로는 물이 빠지고 있었다.

한빈은 물이 빠지는 곳을 향해 최대한 내공을 실어 진각을 밟았다.

팡!

바닥을 지탱하고 있던 암반이 무너진 듯 사물들이 그쪽으로 빨려 들어갔다.

쏴악!

모든 것을 빨아들이는 소용돌이가 지하 공간의 중앙에 생겼다.

암제의 시체가 먼저 그곳으로 빨려 들어갔다.

한빈도 그 소용돌이를 향해 몸을 던졌다.

소용돌이는 이내 한빈의 몸을 삼켰다.

쏴아-악!

지하 공간의 위쪽에 있는 제갈공영은 우물 쪽을 바라보며 마른침을 삼켰다.

한빈도 그렇지만, 그를 뒤따라간 현문도 나오지를 않고 있었다.

불안한 것은 연달아 일어난 지진이었다.

땅이 꺼질 듯한 지진을 시작으로, 이곳 전체가 출렁거리는 듯한 착각이 들 정도의 지진이 이어졌다.

이 정도의 지진이면 신선이라도 살아남을 수 없을 터였다.

불안한 눈으로 우물을 계속 바라보자, 정의맹 사천 지부장 문주익이 물었다.

“왜 그러십니까?”

“아니라네.”

제갈공영은 고개를 흔들었다.

그는 조용히 우물 쪽으로 시선을 돌렸다.

안에서 일어난 암제의 존재를 밝히는 것은 어렵지 않지만, 한빈과 관련된 일을 언급하는 것은 조심하기로 했다.

한빈이 속한 단체가 하북팽가일지 아니면 다른 정파의 조직일지는 모르지만, 그 존재 자체가 비밀이라는 것은 분명했다.

누군가의 비밀 병기를 다른 이들에게 까발리는 것은, 은인 혹은 그가 속한 조직에 대한 예의가 아니라 생각한 것이었다.

제갈공영의 눈빛이 깊어질 때였다.

우물에서 물줄기가 뿜어져 나왔다.

용린검의 비밀 (1)

쏴악!

거대한 고래가 물을 뿜듯 우물에서 막대한 양의 물이 위로 솟구쳤다.

그 사이로 얼핏 무복이 보인다.

물줄기를 타고 올라왔던 무복의 주인이 허공에서 한 바퀴 돌더니 바로 착지했다.

그를 확인한 제갈공영이 재빨리 달려갔다.

“현문 선배님, 대체 어떻게 된 겁니까?”

“모두 사라졌네.”

현문은 물에 젖은 머리를 좌우로 흔들었다.

어찌나 세게 흔드는지 수염과 머리카락에 묻었던 물기가

사방으로 튄다.

제갈공영의 옆에 있던 정의맹 사천 지부장이 재빨리 뒤로 물러났다.

당황하는 사천 지부장에 아랑곳하지 않고 제갈공영이 다급히 물었다.

"그게 무슨 말씀입니까?"

"지하에 있던 모든 것이 묻혔다네. 허……."

그의 긴 한숨에 제갈공영의 가슴은 더욱 요동쳤다.

"그럼 팽 공자가 죽었다는 겁니까?"

"마지막으로 내가 본 것은 뜨거운 바람밖에 없었다네."

"그, 그럴 수가……."

제갈공영은 다리에 힘이 풀린 듯 털썩 자리에 주저앉았다.

그 모습에 정의맹 사천 지부장 문주익은 다급히 제갈공영을 부축했다.

"괜찮으십니까?"

"괘, 괜찮다네."

"지금 팽 공자라고 하셨습니까? 혹시 하북의 팽가를 말씀하시는 겁니까?"

"아니라네. 못 들은 걸로 해 주게."

"네, 알았습니다. 그런데 저희에게 군사 패와 서찰을 가져왔던 그 아이는 어디 있습니까?"

"그 아이라면……."

제갈공영은 힐끔 강가를 바라봤다.

그러고는 고개를 푹 숙였다.

조금 있으면 설화와 청화라 불리는 아이들이 돌아올 것이었다.

제갈공영은 그 아이들에게 할 말이 없었다.

그들에게 어떻게 하북팽가 사 공자의 이야기를 전할 수 있단 말인가?

중요한 점은 한빈이 유명을 달리한 이유가 바로 제갈세가를 구하기 위해서라는 점이었다.

얼마나 지났을까.

정의맹 인원의 반 정도가 자리에서 빠져나갔다.

그들은 살아남은 괴인들을 정의맹 사천 지부로 끌고 갔다.

그리고 나머지 반은 무너진 통로를 파헤치는 중이었다.

제갈공영과 제갈공려를 제외한 제갈가의 식구들도 모두 작업에 투입되었다.

"영차!"

"그쪽은 조심하게."

그들은 구슬땀을 흘리며 통로를 복구하고 있었다.

정의맹 무사들은 험한 꼴을 당한 제갈세가 사람들에게 휴식을 취하라고 했다.

하지만 제갈세가 사람들은 한사코 말을 듣지 않고 작업을 돕고 있었다.

모두가 은공을 돕기 위해서라고 외쳤지만, 은공이 누군지 말하는 자는 아무도 없었다.

정의맹 사천 지부장 문주익이 한숨과 함께 혼잣말을 뱉었다.

"휴, 이건 관아에 인력을 요청해야 할 정도군. 해 줄지는 모르겠지만 부탁은 해 봐야겠어."

"그 정도로 시일이 걸릴 것 같나?"

갑자기 나타난 현문이 물었다.

현문을 슬쩍 본 문주익이 영문을 모르겠다는 표정으로 고개를 끄덕였다.

"네, 그렇습니다만……."

말끝을 흐린 문주익은 현문을 관찰했다.

아무리 봐도 처음 보는 얼굴이었다.

무당파의 속가제자 신분이었던 문주익은 제법 뛰어난 무공 실력과 가문의 뒷배경을 무기 삼아 정의맹 사천 지부장까지 올라왔다.

뭐, 강호에서 몸담은 기간도 그리 짧지는 않았다.

사천에 들렀던 무림명숙들의 이름과 얼굴은 모두 꿰차고 있었다.

그런데 눈앞의 사내는 처음 보는 사람이었다.

허름한 복장을 봐서는 거대 문파의 제자 같지는 않은데, 묘하게 현묘한 분위기를 풍기고 있었다.

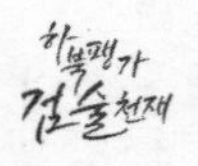

자신을 바라보는 문주익의 모습에 현문이 한숨을 내쉬며 말했다.

“어떤 방법을 써서라도 통로를 뚫어 주게. 은공의 시체라도 찾아야 마음의 짐을 조금이라도 내려놓을 수 있을 것 같네. 만약에 인력이 부족하면 사문에라도 기별을 넣게.”

“…….”

문주익은 고개를 갸웃했다.

자신의 사문은 무당파.

구대문파 중에도 몇 손가락 안에 드는 거대 문파였다.

그런데 무당파에 기별을 넣으라고?

대체 누구기에 저리 버릇없는 말을 한단 말인가?

문주익의 표정을 본 현문이 품 안에서 단검 하나를 꺼내더니 내밀었다.

“그러고 보니 자네에게는 그런 권한이 없겠지. 기별을 넣을 때 이걸 같이 전하게.”

“이게 대체…….”

문주익은 말을 맺지 못했다.

현문이 건넨 것은 태극소검이었다.

태극소검은 무당파에 대대로 내려오는 신물이었다.

전하는 이야기로는, 무당파의 시조인 장삼봉이 태극의 뜻을 풀어 단검에 나누어 담았다는 물건이었다.

태극의 신묘한 묘리를 일곱 개의 단검에 나누어 담고 그것을 일곱 명의 제자들에게 나누어 줬다는 것이 전설의 일부분.

그 태극소검은 아직도 일곱 개 중 남은 다섯 개가 전해지고 있는 상태.

그런데 대체 누구길래 그중 하나를 가지고 있다는 말인가?

다른 일이라면 그냥 넘어갈 수 있지만, 이것은 자신의 사문과 관련된 일이었다.

문주익은 재빨리 물었다.

"대체 당신은 누구시기에 무당의 신물을 가지고 있는 것입니까?"

"나는 현문이라 하네."

"헉."

"왜 그러는가? 뭐, 모를 수도 있겠지. 십 년이나 무당을 떠났으니 말이야."

"그게 아니라, 진짜 현문진인이시라는 말입니까?"

문주익의 눈빛이 떨렸다.

그때 옆에서 지켜보던 제갈공영이 끼어들었다.

"현문 선배가 확실하네. 내가 보증하지. 그런데 왜 그렇게 놀라나?"

"그, 그게 아니라……."

문주익은 말끝을 흐렸다.

문주익이 이렇게 떨고 있는 이유는 반가워서가 아니라 두려워서였다.

사천 어딘가에 있다는 소문을 들은 것이 일 년 전이였다.

이미 사천을 떠나고 없으리라고 생각했다.

상대가 누구던가? 천살성을 타고난 희대의 망나니가 아니던가?

오죽하면 불상을 깎아 깨달음을 얻으라는. 구실로 무당에서 내보냈겠는가?

그때 현문의 진한 한숨 소리가 문주익의 귓가에 들어왔다.

"휴, 은공이 무사해야 할 텐데……."

"그러게 말입니다. 은공이 무사했으면 좋겠습니다."

제갈공영도 고개를 끄덕였다.

문주익은 지금 수행하고 있는 작업보다 그들의 대화가 더 궁금했다. 그들이 나누는 대화에 등장하는 은공이 대체 누구란 말인가?

의문도 잠시, 문주익은 현문에게 깊숙이 포권했다.

"무당의 제자 문주익, 사숙 어르신께 인사드립니다."

"예는 됐다. 여기는 아직 전장이다. 전장에서 예는 불필요하다."

"알겠습니다, 사숙님."

문주익이 다시 한번 고개를 숙일 때였다.

경계를 서고 있던 정의맹 무사 하나가 외쳤다.

"누군가 접근합니다!"

"신분을 확인하라!"

문주익의 말에 멀리서 다시 목소리가 들려왔다.

"제갈세가의 제갈휘라고 합니다!"

순간 제갈공영과 제갈공려가 한달음에 그쪽으로 뛰어갔다.

그 뒤를 현문과 문주익이 쫓았다.

문 앞까지 단걸음에 뛰어간 제갈공영의 눈이 커졌다.

자신의 첫째 아들인 제갈휘가 눈앞에 있었다.

하지만 상태가 문제였다.

온몸에 피를 흠뻑 뒤집어쓴 것으로 봐서 성한 곳이라고는 한 군데도 없는 것 같았다.

제갈공영이 다급히 제갈휘의 어깨를 잡고 상태를 살폈다.

"상처부터 보자, 휘야."

"이 피는 제 것이 아닙니다."

"그렇다면 대체……."

"나중에 안 일이지만, 강 건너에도 적이 있었습니다. 그러니까……."

제갈휘의 설명을 듣던 제갈공영은 눈을 크게 떴다.

적의 조직은 생각보다 치밀했다.

그뿐 아니라 강 건너에도 적들의 경계조가 있었다고 한다.

제갈휘가 그 경계조에 발각되어 죽음의 위기에 처했을 때 나타난 것이 설화와 청화.

지금 그가 뒤집어쓴 피는 적들의 피고 말이다.

문제는 설화와 청화가 동귀어진을 발동시켜 수문을 연 뒤 강물 속으로 뛰어들었다는 것이었다.

여기까지 상황을 전달받은 제갈공영이 말했다.

“너는 왜 그곳을 지키지 않고 여기에 온 것이냐?”

“한 시진 동안 물속에서 살아남을 수 있는 사람이 어디 있습니까? 아무래도 그 아이들도…….”

제갈휘는 감정에 복받친 듯 말을 맺지 못했다.

제갈공영이 잠시 하늘을 올려다본 뒤 말을 이었다.

“은공은 우리 가문을 구하기 위해서 너무 많은 것을 버렸구나.”

“네, 맞습니다.”

제갈휘는 뒤를 돌아 강가를 바라보다 허리에 찬 검을 꺼냈다.

그러고는 검집째 바닥을 찍었다.

쿵.

그 여운이 가시기도 전에 제갈공영은 말을 이었다.

“우리는 은공에게 빚을 졌다!”

제갈공영은 하늘을 보고 외쳤다.

그는 눈물을 살짝 글썽이더니 다시 말을 이었다.

“우리 제갈가는 은혜는 은혜로, 원수는 원수로 갚는다.”

말을 마친 제갈공영이 검으로 바닥을 찍었다.

쿵.

이어서 제갈공려도 똑같이 바닥을 찍었다.

쿵.

그러고는 말을 받았다.

"이 검에 은공에 대한 은혜를 새긴다."

내공이 담긴 목소리는 장원 전체로 퍼져 나갔다.

작업하던 인부들도 경건한 표정으로 검을 바닥에 찍기 시작했다.

쿵. 쿵.

마치 지진이 난 것처럼 울려 대자, 현문도 검을 바닥에 찍고 나지막이 외쳤다.

"우리 무당도 은공의 은혜를 이 검에 새기겠소!"

쿵.

현문이 슬쩍 문주익을 바라봤다.

문주익은 그 기세에 눌려 똑같이 검을 바닥에 찍었다.

그 울림은 한동안 멈출 줄 몰랐다.

문주익은 얼떨결에 따라 했지만, 묘하게 가슴이 울렸다.

무당과 제갈세가가 빚을 지게 만든 은공은 대체 누굴까?

문주익은 검을 찍으며 조용히 하늘을 올려다봤다.

귀락천의 하류.

상선 한 척이 유유히 강줄기를 따라가고 있었다.

상선은 작은 돛만을 편 채 빠르지도 느리지도 않게 노닐 듯 강물을 헤치고 나아갔다.

커다란 상선의 규모에 비하면 갑판 위에는 소수의 인원만이 앉아 있었다.

백색 무복을 입은 여자아이 둘과 붉은색 무복을 입은 사내였다.

그 사내는 물론 한빈이었다.

한빈은 귓가를 후비며 이해가 안 된다는 듯 고개를 돌렸다.

"왜 이리 귀가 가렵지? 혹시 누가 내 욕 하는 거 아니야?"

"욕할 사람이 어디 있다고 그러세요?"

설화가 두리번거리며 답하자 한빈이 고개를 끄덕였다.

"하긴, 내 욕을 할 놈들은 다 물고기 밥이 되었거나 육포가 됐겠지. 그런데 왜 귀가 이렇게 가렵지?"

"귀에 물이 찼나 보죠."

설화가 아무렇지도 않게 말하자 한빈이 자신의 무복을 가리켰다.

"옷도 다 말랐잖아. 그런데 귀에 물이 남아 있을 리가 없는데."

"옷은 여기서 새로 꺼내 입으신 거잖아요."

"음, 그런가? 그래도 아무리 생각해도 물은 안 들어갔어."

"그럼 혹시……. 그놈들이 저승에서 욕하는 건 아닐까요?"

"음."

한빈이 있지도 않은 턱수염을 쓰는 시늉을 하자, 앞쪽에서 배를 몰고 있는 청화가 끼어들었다.

"이 배에 그놈들 전 재산이 들어 있는데 욕을 안 할 리가 있나요?"

청화가 씩 웃으며 갑판 아래를 가리켰다.

모두가 청화가 가리킨 곳을 바라봤다.

한참 동안 갑판 아래 창고를 바라보고 있던 한빈은 품속에서 야명주를 꺼냈다.

그가 주워 온 야명주는 총 다섯 개.

이 정도의 양이라면 중원 어디를 가든 떵떵거리며 살 수 있었다.

한빈은 그 야명주를 보며 한숨을 내쉬었다.

"내가 목숨을 걸고 가져온 것이 푼돈이었다니……."

"헤헤, 그래도 알뜰한 게 좋죠. 그게 공자님 생활신조 아닌가요?"

"흠, 딱히……."

"뭐, 저도 챙겨 왔는걸요."

설화도 품 안에서 야명주를 꺼냈다.

앞쪽에서 배를 모는 청화도 야명주를 꺼내 보인다.

그들은 서로를 보며 피식 웃었다.

한빈은 어깨를 으쓱하며 야명주를 다시 품에 넣었다.

이 야명주는 암제와 싸웠다는 증거일 뿐 지금 한빈에게는 그다지 가치가 없었다.

지금 이 배의 아래에는 야명주는 푼돈으로 만들 정도의 금은보화가 가득 쌓여 있으니 말이다.

한빈은 이번 싸움에서 잃은 것과 얻은 것을 생각해 봤다.

먼저 얻은 것을 떠올린 한빈은 자신도 모르게 입꼬리를 슬쩍 올렸다.

이번에 얻은 것 중 가장 중요한 것은 세 개의 천급 구결이었다.

그리고 제갈세가를 아군으로 얻었다는 것.

외형적으로 봐서 가장 눈에 띄는 성과는 이 상선이었다.

이 배에는 암제가 평생 모아 놓은 재화가 쌓여 있었다.

이것은 누구도 상상할 수 없는 성과였다.

어찌 보면 이 배를 발견한 것은 하늘의 뜻일지도 몰랐다.

목숨이 위태위태한 상황에서 이런 기연까지 얻었으니 말이다.

그때 한빈의 표정을 본 설화가 말했다.

"지금 무슨 생각을 그렇게 하세요?"

"아무리 생각해도 이번 일은 운이 너무 좋았어."

"지난번에는 운도 실력이라면서요?"

"그건 당연하지. 운도 실력이지."

"저희도 운이 좋다고 생각해요."

"너희가 운이 좋아?"

"공자님을 만난 게 운이 좋은 거지, 그거 말고 더 좋은 운이 어디 있겠어요?"

"흠, 그렇게 말하니 내가 할 말이 없네."

한빈이 설화와 청화에게 각각 눈길을 준 뒤 조용히 출렁이는 강물을 바라봤다.

강물을 바라보고 있자니 위급했던 몇 시진 전의 기억이 떠올랐다.

한빈이 소용돌이로 빠진 뒤 마주했던 것은 미로였다.

문제는 그 미로 속이 밀려들어 오는 강물로 꽉 차 있다는 점이었다.

사실 미로가 아니어도 물속에서 언제까지 버틸지는 알 수 없었다.

인간은 물고기가 아니지 않은가. 내공이 아무리 고강하다고 해도 숨을 참는 데는 한계가 있었다.

움직이지 않고 숨을 참는 방법은 있지만, 지금은 미로를 빠져나가야 하는 상황이었다.

숨을 쉬지 않고 움직이는 방법은 없었다.

그때 나타난 것이 설화와 청화였다.

그녀들이 가지고 있던 천잠사와 인면주사(人面蛛絲)를 이어서 미로를 통과했던 것이다.

기관 장치에 묶어 놨던 천잠사에 지하 공간에서 얻었던 인면주사라는 두 개의 실은 웬만해서는 끊기지 않았다.

이렇게 왔던 길을 표시해 놓자, 미로를 빠져나가는 데는 그리 힘들지 않았다.

그들은 오래지 않아 미로를 빠져나왔지만, 문제는 미로에서 모두 나오고 발생했다.

수중 미로의 입구까지 나온 후 갑자기 물살에 쓸려 갔다.

한빈의 지시에 따라 그들은 일단 물살에 몸을 맡겼다.

그 물살 자체가 마치 친절하게 어딘가로 안내하려는 듯한 느낌이 들어서였다.

거기에 그들은 체력을 회복할 시간이 필요했다.

마침내 그들이 도착한 곳은 귀락천에서 가장 후미졌다고 하는 반사암(半蛇巖)이었다.

반사암은 마치 뱀이 똬리를 튼 것 같은 형상으로 이루어진 절벽이었다.

반사암의 유래는 간단했다.

전설에 의하면 용이 되려던 이무기가 어느 고수에 의해 반토막이 난 채 석상이 되었다고 한다.

이무기의 원한이 하도 깊어서 근처만 가도 사람들의 사지가 마비된다고 전해지는 으스한 절벽.

바로 그 밑에 암제가 평생 모아 놓은 재물이 한가득 있었다.

암제가 모아 놓은 재산은 한빈의 상상을 초월했다.

강호에서는 살 수 없는 진귀한 보석과 비급까지 있었다. 거기에 황궁의 물건으로 보이는 보물까지 드문드문 보였다.

이곳에 있는 재물의 가치는 아마도 십대세가가 가지고 있는 재산과 비슷하지 않을까 하는 생각도 들었다.

십대세가 전체와 맞먹는 재산이라?

그 의미는 간단했다.

암제가 강호 제일의 갑부였다는 것이다.

생각해 보면 사람들의 접근을 막기 위해 암제가 퍼뜨린 헛소문일 수도 있었다.

사실 한빈이 더 놀란 것은 청화가 배를 몰 줄 알고 있다는 점이었다.

청화는 상선 정도는 쉽게 운행할 수 있고 이쪽의 뱃길도 훤하다고 말했다.

이제까지의 모든 일을 생각해 보면 진짜 운이 좋은 것은 한빈이었다.

자신을 구해 주고 이런 재물까지 얻게 된 기연을 제공해 준 것이 설화와 청화였으니까.

그때 설화의 걱정 가득한 목소리가 들렸다.

"표정이 왜 그래요?"

"그냥 운이 좋다고 생각했다, 설화야."

말을 마친 한빈은 청화를 바라봤다.

시선을 느꼈는지 청화가 고개를 돌렸다.

"사천까지 이틀이면 도착하는 거 맞지?"

"네, 사천당가에서 가장 가까운 나루터까지 하루하고 반나절이면 가고, 거기서부터 빡세게 달리면 사천당가까지 정확히 반나절이에요, 공자님."

청화는 자랑스러운지 어깨를 활짝 펴고 앞을 바라봤다.

뒤에서 그 모습을 설화가 걱정스러운 표정으로 바라봤다.

"청화야, 말투가 공자님 닮아 간다. 그럼 남장했다고 오해받아."

"그럼 뭐라고 해요?"

청화가 고개를 갸웃했다.

"음, 그건……."

설화가 말끝을 흐렸다. 자기도 한빈과 오래 있다 보니 전의 말투를 잊어버린 것이다.

그 모습에 청화가 깔깔 웃었다.

"거봐요, 언니도 똑같잖아요."

그렇게 그들이 탄 배는 순풍에 돛을 달고 사천을 향해 나아갔다.

맑은 햇살과 시원한 바람을 온몸으로 만끽한 한빈은 조용히 금이 간 월아를 검집에서 반쯤 빼 보았다.

이번의 격전으로 현철보다 단단했던 월아의 검신에 작은 균열이 생겼다.

누가 뭐라 해도 이번 싸움에서 입은 손해였다.

거기에 생각지도 못할 손해가 한 가지 더 있었다.

그것은 바로 용린검의 반 토막을 잃어버렸다는 것이다.

용린검을 떠올리자 한빈의 눈동자에서 감정이 살짝 요동쳤다.

그것도 잠시, 한빈은 바로 평정심을 되찾았다.

용린은 언제나 주인을 찾아온다는 전설이 있었기 때문이다.

용린검을 어떻게 하나로 합치는지에 대한 비밀도 풀지 못한 채 이렇게 잃어버린 게 아깝긴 하지만, 전설대로라면 알아서 자신의 손에 다시 들어올 것이라 믿었다.

뭐, 그렇게 믿는 것 말고 다른 방법은 없었다.

이번 싸움에서의 득과 실을 종합해 보면 어쨌든 득이 컸다.

반쪽짜리 용린검을 가지고 있다고 해서 천하제일이 될 수 있었을까?

그것은 불가능하다. 하지만 지금 이 배를 얻음으로써 한빈은 천하제일이 되었다.

물론 천하제일의 부자라고 해야 정확하지만, 어쨌든 천하제일인이 되었다.

강물을 따라 출렁이던 한빈은 감정이 정리된 듯, 눈동자가 평온을 찾았다.

그를 비추는 따스한 햇살처럼 말이다.

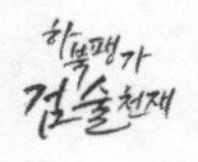

한편 암제와 치열한 전투가 벌어진 장원은 지금 연무장을 중심으로 횃불이 환하게 밝혀져 있었다.

당연히 지하 공간으로 이루어지는 통로를 복구하기 위해서였다.

어찌나 심하게 무너졌는지 그들이 복구한 것은 통로의 초입까지였다.

하지만 통로의 초입을 바라본 문주익의 눈빛은 심상치 않았다.

이 정도로 정교한 기관 장치를 만들 수 있는 곳은 그리 많지 않았기 때문이다.

제갈공영의 이야기를 들어 보면 이것은 정파도 아니고 사파도 아니었다.

그렇다고 마교 같지도 않았다.

무림에 새로운 세력이 나타났는데 정파나 사파, 마교 중 어느 곳도 아니라는 것은 문제였다.

문주익은 찝찝하다는 표정으로 통로를 바라봤다.

그때 그의 뒤에서는 현문과 제갈공영이 심각한 표정으로 대화를 나누고 있었다.

제갈공영의 손에는 기름종이에 싼 쪽지 하나가 있었다.

그 쪽지를 본 제갈공영의 눈은 한없이 떨렸다.

그것은 한빈이 현문에게 남긴 쪽지였다.

모든 일이 마무리된 다음, 이후의 일에 대해서 세세하게 지침을 준 것이었다.

쪽지를 다 읽은 제갈공영이 현문에게 물었다.

"대체 이 쪽지를 준 것이 언제란 말씀입니까? 현문 선배."

"자네들을 구출하기 전에 써 준 쪽지라네."

"정말 하북팽가의 사 공자가 맞습니까?"

"내가 알기로는 맞다네. 사천당가에서도 하북팽가의 일행과 합류했으니. 그리고 그가 거짓말할 리도 없지 않은가?"

"네, 그렇죠. 그런데 이 쪽지에 적힌 내용으로 봐서는 팽가의 사 공자는 모든 것을 내다보고 있었던 것 같습니다."

"허허. 그렇게 앞일을 내다봤다면 어찌 저 아래에 묻혔겠는가?"

현문은 안타까운 눈빛으로 통로의 입구를 바라봤다.

제갈공영은 고개를 세차게 흔들었다.

"아닙니다. 죽지 않았을 겁니다."

"허허, 그만 포기하래도. 제갈 가주의 심정은 이해하지만 포기할 건 포기해야 앞으로 나아갈 수 있다네."

"네, 그 말씀은 참고하겠습니다."

현문에게 고개를 숙인 제갈공영은 조용히 문주익에게 걸어갔다.

"문 지부장, 나와 얘기 좀 할 수 있겠나?"

"말씀하시지요."

"잠시 조용한 곳으로 자리를 옮기는 게 좋겠네."

"네, 그러시지요."

잠시 후 자리를 옮긴 둘은 대화를 나누었고 제갈공영의 말을 듣던 문주익의 눈은 한없이 커졌다.

하지만 그것도 잠시, 문주익은 천천히 고개를 끄덕였다.

문주익과 대화를 끝낸 제갈공영은 내공을 담아 모두에게 외쳤다.

"우리는 사천당가로 복귀한다! 그것이 은공에 대한 보답이다!"

그 말에 제갈세가의 사람들은 조용히 고개를 돌렸다.

그들은 그 어떤 질문도 하지 않았다. 제갈공영의 말이 진리라는 듯 조용히 길을 떠날 준비를 했다.

다음 날 아침, 귀락천과 이어진 삼대천의 상류.

삼대천이라는 이름은 세 개의 하천이 모여 큰 강을 이루었다고 해서 붙여진 이름이었다.

삼대천에 이어진 하천 중 하나가 귀락천이었다.

그 이유로 삼대천의 상류는 어부들이 꺼려 한다.

어부들 사이에 귀락천에서 나오는 물고기를 잡으면 불행

을 몰고 온다는 소문이 있기 때문이었다.

하지만 가끔은 이곳을 찾는 어부도 있었다.

그 어부가 바로 무진이라 불리는 이였다.

무진이 위험을 무릅쓰고 이곳까지 온 이유는 딱 하나였다.

바로 돈을 벌기 위해서였다.

삼대천은 하류로 가면 갈수록 강이 넓어진다. 즉, 상류 쪽은 강의 폭이 좁다는 말이었다. 폭이 좁은 만큼 물고기들이 한곳에 모여 있어 그물을 던지면 고기들이 만족할 만큼 잡힌다.

무진은 이를 악물고 그물을 던졌다.

휘릭. 미리 손질해서 온 그물이 강물에 풍덩 하고 잠긴다.

그의 표정에는 절박함이 담겨 있었다.

그 절박함이 이곳에서 잡은 물고기들은 불행을 몰고 온다는 미신을 무시하게 만들었다.

지금 그에게는 그따위 미신이 문제가 아니었다.

하루라도 빨리 많은 돈을 벌어야 했다.

그물을 던지고 때를 기다리는 무진의 뒤에서 메마른 기침 소리가 들려왔다.

"쿨럭, 쿨럭."

연이어 터지는 기침 소리에 무진은 그물을 고리에 걸어 놓고 다급하게 뒤쪽으로 뛰어갔다.

"영아야, 괜찮은 것이냐?"

"네, 괜찮아요. 아버지."

"아무리 날이 따뜻해도 이불 좀 덮고 있으라고 해도."

"괘, 괜찮……. 쿨럭."

영아라고 불린 소녀는 기침을 토해 냈다.

무진은 영아의 몸에 이불을 덮어 줬다.

무진의 머릿속에 파란만장했던 몇 년 동안의 일들이 떠올랐다.

무진은 본래 어부가 아니었다.

부유한 학자 집안의 첫째였던 무진은 착실히 가문을 이어받을 준비를 했다. 좋은 아내와 결혼해서 예쁜 딸도 낳았고 그의 생은 그렇게 순조로웠다.

그런데 어느 날, 마을에 전염병이 돌아 부모님이 죽고 나서는 무진이 집안을 이끌어야 했다.

강호 속담에 부자는 망해도 삼대는 간다는 말이 있잖은가.

그런데 무진의 경우는 그렇지 못했다.

전염병으로 사랑하던 아내마저 세상을 떠났다.

집안이 망하고, 엎친 데 덮친 격으로 딸아이까지 시름시름 앓았다.

남은 재산마저도 딸아이의 약값으로 모두 써야 하는 상황이 되다 보니 딱 삼 년 만에 남아 있던 재산마저 날렸다.

하지만 과거로 돌아간다고 해도 남은 재산을 써서 딸아이를 지킬 것이었다.

다만, 돌팔이 같은 의원들에게 돈을 뜯긴 것이 가슴 아플

뿐이었다.

바로 그때, 그물이 흔들거리기 시작했다.

그물 안 물고기가 가득 찼다는 신호였다.

무진은 재빨리 그물을 잡아당겼다.

그물은 반쯤 모습을 드러냈다.

물고기들이 파닥파닥 그물 안에서 춤을 춘다.

아무리 이곳이 물고기가 잘 잡히는 곳이라고 해도 이 정도일 줄을 몰랐다.

그는 불행을 무릅쓰더라도 이곳에 오길 잘했다고 생각했다.

슬쩍 올라간 무진의 입꼬리가 부르르 떨린 것은 바로 다음 순간이었다.

"윽."

그는 자신도 모르게 신음을 토해 냈다.

갑자기 그물을 끌어 올리는 것이 힘에 벅찼다.

아무리 물고기로 가득 찬 그물이라고 해도 이렇게 힘든 적은 없었다.

조금만 더 건져 올리면 파닥파닥 뛰는 물고기들을 손에 넣을 수 있을 것 같은데 그물은 요지부동이었다.

그때, 마치 누군가 잡고 있던 손을 놓은 듯 그물이 아무 저항 없이 당겨졌다.

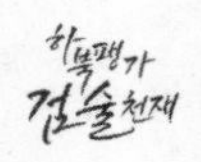

용린검의 비밀 (2)

그물을 잡아당기던 무진의 눈이 커졌다.

파닥거리던 물고기들이 모두 빠져나갔다.

그물을 끌어 올려 보니 그물이 끊어져 있었다.

무진은 다급하게 그물을 끝까지 잡아당겼다.

그 끝에는 그물을 끊어 놓은 물건이 같이 딸려 나왔다.

그것은 반 토막 난 검이었다.

그 모양이 얼마나 기괴한지 무진은 뒤쪽으로 물러나다가 엉덩방아를 찧었다.

그때 반 토막 난 검신이 무진의 배 위에 나뒹굴었다.

쩽그렁.

엉덩방아를 찧은 무진은 어선 위에 뒹구는 붉은색 쇠붙이를 바라봤다.

두려운 눈으로 바라보던 무진의 소매를 그의 딸이 잡아당겼다.

"왜 그래요?"

"아, 아니다."

그제야 정신을 차린 무진은 눈을 크게 떴다.

정신을 차리고 보니 토막 난 검은 평범한 쇠붙이에 불과했다.

녹이 많이 슨 것처럼 붉은색이 강하긴 했지만, 강물에 오래 담겨 있는 쇠붙이가 멀쩡하다는 게 더 이상했다.

무진은 그제야 눈을 가늘게 뜨고 상황을 살폈다.

상황을 살피던 무진의 눈빛이 떨렸다.

그는 재빨리 달려가 그물을 살폈다.

손으로 그물을 정리해 보니 여기저기가 찢어져 있었다.

대충 가늠해 보아도 며칠은 수선해야 다시 그물을 쓸 수 있을 정도였다.

무진은 자신도 모르게 혼잣말을 뱉었다.

"역시 이곳은 저주받았어. 내가 어쩌자고 여기에……."

무진은 말끝을 흐리며 영아를 바라봤다.

"저는 괜찮아요. 쿨럭."

"일단 안에 들어가 있거라."

무진은 어선 위에 설치된 그늘막을 가리켰다.

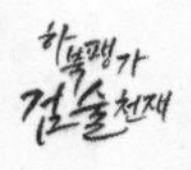

"아니에요. 저도 여기서 도울래요."

영아는 고개를 흔들며 그물로 다가갔다.

무진은 할 수 없다는 듯 고개를 끄덕이며 그물을 수습했다.

무진은 지금 후회가 막심했다.

지금 타고 있는 어선도 자신의 배가 아니었다.

철전 열 닢을 주고 하루 동안 빌린 배였다.

이대로 돌아간다면 영아의 약값은 고사하고 빚만 지게 되는 것이었다.

무진은 왜 다른 사람들이 귀락천과 맞물리는 강의 상류를 두려워하는지를 이제야 알게 되었다.

눈앞에 물고기가 파닥거리지만, 그것은 그림의 떡이었다.

다 잡은 물고기를 저 쇠붙이 때문에 놓칠 줄 누가 알았겠는가!

무진은 부러진 검신을 주웠다.

검신을 잡은 무진은 자신도 모르게 손을 놓았다.

쩔그렁.

다시 검신이 어선의 위에서 뒹군다.

무진은 부러진 검신을 보며 눈을 동그랗게 떴다.

무진이 놀란 이유는 간단했다.

검신에서 뜨거운 기운을 느꼈기 때문이다.

무진은 자신의 손을 바라봤다.

화상을 입을 정도의 뜨거운 기운을 느꼈는데 의외로 손은 멀쩡했다.

무진은 재빨리 그것을 다시 잡아 어선 밖으로 던지려 했다.

"썩 꺼지거라! 귀신아, 퉤."

다른 이에게 배운 귀신을 쫓는 방법대로 침까지 뱉은 무진이 막 반 토막 난 검신을 던지려 할 때였다.

옆에 있던 영아가 무진의 소매를 잡아당겼다.

"그, 그거 저 주시면 안 돼요?"

"이걸 달라고? 이건 귀신 붙은 물건이다."

"큰마음을 먹고 여기까지 와서 그물을 던진 거잖아요."

"그래, 그런데 그게 무슨 상관이냐? 건져 올린 것이라곤 이 저주받은 물건뿐이 아니더냐? 너는 어서 그늘로 들어가 쉬어라."

무진은 영아를 그늘막으로 밀었다.

영아의 병은 희한했다.

영아는 조금만 추워도 떨고 조금만 더워도 땀을 뻘뻘 흘렸다.

그러면서 계속 몸은 말라 갔다.

지금 영아의 손을 보면 뼈마디가 보일 정도였다.

열아홉밖에 안 되는 아이에게는 너무 가혹한 병이었다.

무슨 병인지라도 알았다면 그나마 나을 것이었다.

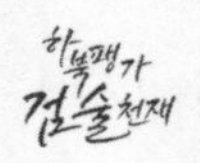

용하다는 의원은 다 모셔 봤고 몸에 좋다는 약은 다 먹었다. 하지만 그저 생명을 연장시키는 효과만 있을 뿐 병은 호전되지 않았다.

그때 영아가 다시 무진의 팔을 잡았다.

"아버지, 우리가 여기까지 온 것은 다 하늘의 뜻이라고 생각해요. 저게 저주받았는지 아닌지는 우리가 판단할 게 아니라 하늘에 맡겨야 할 것 같아요."

"우리 밥줄이 저리 끊겼는데, 어떻게 저게 저주받은 물건이 아니더냐. 반드시 버려야 한다."

"그러지 마시고 그냥 저 주시면 안 될까요? 아버지."

"흠."

무진은 영아와 부러진 검을 번갈아 바라봤다.

묘하게 부러진 검이나 자신의 딸 영아나 비슷한 처지로 보였다.

무진이 조용히 고개를 끄덕였다.

"그래, 네 마음대로 하여라."

"네, 고마워요."

영아가 무진을 향해 고개를 숙였다.

반 토막 난 검을 주워 든 영아는 고개를 갸웃했다.

깜짝 놀라 검을 바닥에 던진 무진과 달리 영아는 청아한 기운을 느꼈다.

묘하게 시원한 기운이 손을 타고 몸 곳곳으로 퍼졌다.

영아는 태어나서 이렇게 몸이 편해 본 적이 없었다.

영아는 반 토막 난 검을 손에 쥔 채 잠이 들었다.

그녀가 쓰러지자 무진은 놀랐지만, 평온한 영아의 모습을 보고는 다급하게 입을 막았다.

"헉."

터져 나오려는 비명을 겨우 막은 것이다.

저렇게 편안한 표정을 본 것이 언제던가?

아무리 생각해도 떠오르지 않았다.

무진은 이 모든 것이 영아가 말한 대로 하늘의 뜻일지도 모른다고 생각했다.

무진은 배를 돌리며 방금 그물을 던졌던 곳을 향해 조용히 합장했다.

다음 날.

한빈은 밤을 꼬박 새운 뒤 먼동이 트는 수평선을 바라봤다.

한빈의 머릿속에는 암제가 남긴 잔당을 어떻게 효과적으로 처리할 수 있을까 하는 생각뿐이었다.

생각해 보면 전생에 정의맹이 보였던 행동들은 정상이 아니었다.

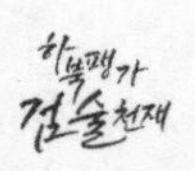

마교인을 묵묵히 쓰러뜨리며 승리를 쟁취한 것이 귀검대였는데, 그 영웅들을 반역자 취급 한다는 것은 말이 안 되었다.

그렇다면 전생의 정의맹과 위씨세가의 행동이 모두 암제의 모략이라 봐도 되었다.

그렇다면 지금의 위씨세가는 암제의 손아귀에 있는 것일까?

아니면 다른 무림세가도?

그 진실은 지금 진행되고 있는 무가지회에서 밝혀야만 했다.

한빈은 암제가 한 말을 똑똑히 기억하고 있었다.

그는 활시위가 벌써 당겨졌다고 했다.

그 말을 해석한다면 무림을 장악하겠다는 암제의 계책이 벌써 시작되었다는 것이었다.

그것이 사실이라면?

궁극적인 위험은 제거했지만, 무림은 언제 터질지 모르는 폭탄을 끌어안고 있는 것과 같았다.

한빈이 진지한 표정으로 강물을 바라보자 청화가 조용히 다가왔다.

"공자님, 이건 어떻게 해요?"

청화는 손에 든 채찍을 내밀었다.

그것은 암제가 쓰던 화룡편이었다.

한빈은 화룡편을 받아 들고는 여기저기를 살폈다.

암제가 사용할 당시에는 무시무시한 위력을 냈지만, 맨눈으로 보면 다른 채찍과 별다른 차이점이 없었다.

한빈은 채찍을 허공에 휘둘러 봤다.

휙!

풀어진 채찍이 길게 늘어나며 허공을 강타한다.

팡!

생각보다 큰 파공성이 허공에서 울렸다.

그때였다.

한빈의 발목에 찼던 용린검 반 토막이 진동음을 내기 시작했다.

드르륵.

드르륵.

묘한 진동음에 한빈은 고개를 갸웃했다.

갑자기 진동음을 내며 공명하는 용린검이 이해가 되지 않았다.

한빈은 조용히 용린검을 꺼냈다.

그때였다.

용린검과 화룡편이 갑자기 서로를 끌어당기기 시작했다.

난데없는 괴이한 현상에 한빈은 눈을 가늘게 뜨며 손에 힘을 뺐다.

한빈이 손에 힘을 빼자 용린검과 화룡편이 서로를 향해 달려들었다.

화룡편은 마치 뱀처럼 움직였다.
스르륵.
화룡편이 뱀처럼 용린검을 휘감기 시작했다.
반쪽짜리 용린검을 둘둘 말던 화룡편은 마치 온전한 용린검을 감싸듯 쭉쭉 아래로 내려갔다.
화룡편은 분명 어떤 모양을 만들어 가고 있었다.
서서히 모양이 완성되자 한빈은 눈을 크게 떴다.
"뭐야?"
"공자님, 대체 이게 뭐예요?"
설화도 황당한 듯 용린검과 화룡편을 바라봤다.
화룡편이 만들어 낸 모습은 다름 아닌 검집이었다.
용린검은 화룡편이 만들어 낸 검집이 자신의 자리인 듯 딱 맞게 안착해 있었다.
한빈이 말했다.
"아무래도 화룡편이 용린검의 검집이었던 것 같다."
"검집이요?"
"생각해 보면 보검에 검집이 있는 건 당연하지. 그런데 용린검은 없었거든. 아무래도 화룡편이 용린검의 검집이었던 것 같구나."
"와, 신기해요."
"나도 신기하다."
한빈은 용린검과 검집이 된 화룡편을 바라보며 씩 웃었다.

한빈은 용린검을 검집에서 뽑아 봤다.

스릉.

청아한 소리가 한빈의 귀를 즐겁게 했다.

그것도 잠시, 한빈은 눈을 크게 떴다.

용린검의 색이 바뀐 것이다.

그 전에는 붉은색과 검은색이 조금씩 섞여 있는 녹슨 검 같았는데, 지금은 완벽하게 붉은색을 띠고 있었다.

한빈은 이번에는 검집에 내공을 불어 넣어 봤다.

우우웅.

검집이 울음을 토해 내더니 나선형으로 뭉쳤던 것이 스르륵 풀렸다.

다시 화룡편으로 돌아온 것이다.

용린검뿐 아니라 검집도 전설의 병기 중 하나인 것이 분명했다.

한빈은 화룡편을 검집으로 만들고 다시 풀고를 반복해 봤다.

그러고는 흡족한 미소를 지었다.

"쓸 만하네."

그때였다.

한빈이 눈을 가늘게 뜨며 허공을 바라봤다.

비급에서 글귀가 나타났기 때문이다.

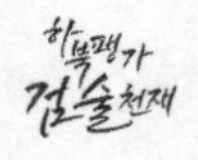

[용린검을 완성하십시오. 완벽한 용린검을 완성할 시에는 용린검법의 다음 단계가 활성화됩니다.]

그 글귀를 확인한 한빈은 헛숨을 들이켰다.

용린검의 반쪽은 이미 암제의 몸에 박혀 사라졌다.

용린검이 주인의 손에 돌아온다는 전설이 있긴 하지만 언제인지는 알 수 없는 법이었다.

한빈이 나지막이 혼잣말을 뱉었다.

"운이 좋다면 언젠가는……."

그 말에 설화가 다급하게 물었다.

"무슨 운이요?"

"아니다. 그냥 혼잣말이었어."

한빈이 손을 내저으며 웃자 설화가 마주 웃었다.

"공자님은 욕심이 많으신 것 같아요."

"너도 당과에 욕심이 많지 않으냐?"

"헤헤, 그러고 보니 저도 공자님과 똑같네요."

그때 청화도 끼어들었다.

"저도 떡에 욕심이 많으니 똑같네요."

누가 봐도 이 무리에서 떨어지기 싫은 청화의 마음이 담겨 있는 한마디였다.

그들은 서로를 보며 한참을 웃었다.

한참을 웃던 청화가 뭔가 생각난 듯 뒤쪽 구석으로 달려갔다.

모두가 고개를 갸웃할 때 청화가 다시 돌아왔다.

돌아온 청화의 손에는 암제가 쓰던 금륜이 들려 있었다.

청화가 금륜을 내밀며 말했다.

"공자님, 이것도 한번 시험해 보세요."

"그럴까?"

희미하게 웃은 한빈이 금륜을 용린검에 가져다 대 봤다.

모두가 침을 꿀꺽 삼키며 다음에 일어날 일을 기대했다.

그것도 잠시, 그들은 고개를 갸우뚱했다.

용린검과 금륜 사이에는 아무런 일도 일어나지 않았기 때문이다.

설화와 청화는 실망한 눈으로 금륜을 바라봤다.

그 모습에 한빈이 말했다.

"아무래도 이건 너희의 몫 같다."

"그게 무슨 말씀이에요? 공자님."

설화가 묻자 한빈이 희미하게 웃었다.

"너희도 이제 투척 병기 하나 정도는 익혀 둬야지."

"네?"

"내가 보기에는 이 금륜만큼 어울리는 무기는 없을 것 같구나. 다만, 한 명이 두 개를 운용하기에는 힘드니 각자 하나씩 맡아서 수련해야 할 것 같구나."

"수련이요?"

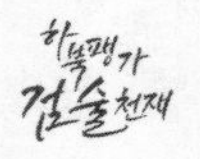

"그래."

한빈이 고개를 끄덕이자 청화가 끼어들었다.

"저도 수련할래요."

"당연하지."

한빈이 활짝 웃으며 청화와 설화를 흐뭇하게 바라봤다.

반나절이 지난 오후.

삼대천의 어느 나루터.

한빈 일행은 사천당가와 가까운 삼대천 하류의 나루터에 도착했다.

나루터에 처음 보는 배가 들어오자 사람들이 웅성대기 시작했다.

그들을 본 한빈은 청화에게 말했다.

"이쯤 해서 닻을 내리자, 청화야."

"더 안 가도 될까요?"

"저기 한번 봐 봐. 나루터에 가까이 대면 여기 있는 보물이 한 시진도 안 되어 사라질 게 분명해."

"설마요?"

고개를 갸웃한 청화는 닻을 고정한 배 후미로 이동했다.

한빈은 청화를 바라보며 말을 이었다.

"세상은 넓고 도둑은 널린 법이지."
"공자님은 너무 의심이 많아요."
"잘 생각해 봐. 암제가 이 배를 잃어버릴 거라고 생각이나 했겠어?"
"음, 생각해 보니 그러네요. 그러면 공자님도 도둑, 아니 도둑님인 거잖아요."
"에이, 나는 주워 온 거지. 주인 없는 물건을 주워 왔다고 해서 도둑 소리를 들으면 좀 서운하지 않을까?"
"그것도 그렇긴 하네요."
말을 마친 청화는 닻을 풀었다.
스르륵.
닻이 내려와 강물 속으로 들어갔다.
첨벙.
배가 멈추자 한빈이 설화와 청화에게 말했다.
"이 정도는 괜찮겠지?"
한빈이 가리킨 곳은 나루터였다.
나루터와 배의 거리는 열 걸음 정도였다.
나루터 입구까지의 거리를 본 청화가 웃었다.
"그럼 당연하지요. 혹시 저 무시하는 거예요? 공자님."
설화가 뾰로통한 얼굴로 바라보자 한빈이 손을 내저었다.
"아니다. 내가 언제 너를 무시했다고 그러느냐?"
"알았어요. 이제 저도 저 정도 거리는 진짜 누워서 당과 먹

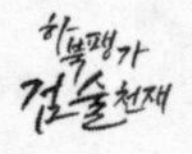

기라고요."

"그래, 알았다."

한빈이 씩 웃으며 고개를 끄덕였다.

청화도 뒤따라 말을 이었다.

"저도 저 정도 거리는 이제 아무것도 아니에요."

"그래, 난 너희를 믿어."

말을 마친 한빈은 나루터의 입구로 날아올랐다.

사사-삭.

한빈이 나루터에 안착했다. 그 소리는 마치 풀잎이 스치는 듯 자연스러웠다.

그의 뒤쪽에서 착지하는 소리가 연속으로 울렸다.

풀썩. 풀썩.

뒤를 돌아본 한빈이 말했다.

"다 좋은데 소리는 좀 줄여야겠구나."

"아, 이번에는 칭찬받을 줄 알았는데……."

설화가 볼을 부풀렸다.

그 뒤에 있는 청화는 조용히 딴 곳을 바라봤다.

"더 잘할 수 있었는데."

그들의 말에 한빈의 빙긋 웃고는 고개를 돌려 배를 확인했다.

잔잔한 물결에 바람도 없었다.

저곳에 며칠은 놔둬도 괜찮을 것 같았다.

배를 확인한 한빈은 고개를 돌려 천천히 걸어갔다.
설화는 고개를 갸웃하며 무작정 한빈의 뒤를 따랐다.
한빈은 마치 장을 보러 나온 것처럼 휘적휘적 걸어가며 주위를 살폈다.
한빈의 시선이 멈춘 곳은 나루터 입구에서 오십 걸음 정도 떨어진 곳이었다.
뒤따르던 설화가 그곳을 바라봤다.
한빈의 시선이 향한 곳에는 여러 거지가 동냥 그릇을 내놓고 있었다.
그 거지들은 모두 다른 무리인지 제각기 복색이 달랐다.
한 거지는 대머리에 여기저기 다 해진 옷을 입고 있었으며 다른 거지는 머리가 희끗하기는 해도 그나마 그럴듯한 옷을 갖춰 입고 있었다.
누가 본다면 최근에 거지가 되었다고 생각할 정도로 깔끔한 복장이었다.
그리고 그 뒤편에는 금방 거지들의 서열에서 밀려난 듯 보이는 아이가 힘없이 동냥 그릇을 내놓고 있었다.
그곳을 바라보던 한빈이 천천히 발길을 옮겼다.
잠시 후 한빈은 그곳으로 걸어가 거지들의 앞에 섰다.
그 모습에 뒤따라간 설화가 조심스럽게 물었다.
"공자님, 여기는 왜 오셨어요?"
"거지 찾아서 왔지, 내가 별 의도가 있겠느냐?"

한빈이 거지들을 가리키며 말하자 설화가 고개를 갸웃했다.

"여기 거지는 매듭도 없잖아요. 그럼 그냥 거지 아닌가요? 개방의 거지도 아닌데 공자님이 만날 이유는 없잖아요."

"설화야, 거지에 어디 높고 낮음이 있겠느냐? 거지라 함은 무릇 개방이나 저잣거리 거지나 모두 한 하늘 아래 있는 법이란다."

"그래도 개방 거지들은 무공이라도 하잖아요."

설화가 고개를 갸웃했다.

그녀의 말뜻은 간단했다.

한빈이 볼일이 있다면 개방의 거지들을 만날 것이었다.

그런데 눈앞에 있는 거지는 아무리 봐도 매듭이 없었다.

"그건 네 착각이지. 그리고 매듭이 없다고 해서 개방의 거지가 아니란 법도 없단다."

그때였다.

앞에 가장 허름한 복장의 거지가 일어났다.

불쌍할 정도로 여기저기 숭숭 구멍이 난 옷을 입은 거지였다.

거지가 누런 이를 드러내며 한빈을 바라봤다.

"거, 기분 나쁘게 왜 거지 거지 하슈?"

"거지를 거지라고 하지 그럼 뭐라고 합니까?"

"그래도 거지라고 계속 그러니, 듣는 거지가 기분 나쁘오."

거지가 눈을 크게 떴다.
그 모습에 한빈이 사람 좋은 얼굴로 말했다.
"죄송하오, 거지 양반."
"헉, 지금 한번 해보자는 겁니까?"
"해보자는 얘기는 아니지만, 귀인이 찾아온 것을 모르는 것을 보면 기강이 하늘에 떨어진 것 같군요."
"기강이라 했소? 귀하가 누구길래 기강을 논하는 것이오?"
거지는 미간을 좁히며 한빈을 바라봤다.
이 장면을 지켜보던 설화는 고개를 갸웃했다.
눈앞에 있는 거지는 분명히 개방도가 아니었다.
그런데 말을 하는 것을 보면 평범한 거지는 아닌 듯싶었다.
그때 한빈이 거지에게 나지막이 말했다.
"하늘은 높고……."
한빈은 말끝을 흐리며 거지를 바라봤다.
거지는 고개를 갸웃할 뿐 무슨 말인지 모른다는 듯 멍하니 한빈을 바라봤다.
"그, 그게 무슨 말이오?"
거지가 되묻자 한빈의 눈썹이 꿈틀댔다.
그 모습에 거지가 당황한 듯 뒷걸음쳤다.
"왜 그런 흉악한 표정을……."
"아니, 언제부터 거지들의 정신 상태가 이리 해이해졌단

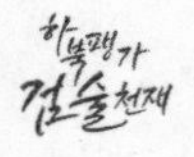

말이냐?"

한빈이 갑자기 호통을 쳤다.

뒤로 물러나던 거지가 주춤대며 기어들어 가는 목소리로 물었다.

"갑자기 왜 저희에게……."

"개방에서는 신입에게 암어도 안 가르친다는 말인가?"

한빈이 실망했다는 눈빛으로 고개를 휘휘 저었다.

그 모습에 뒤쪽에 있던 가장 어린 거지가 일어났다.

어린 거지는 얼굴이나 복장 모두 가장 멀쩡한 편이었다.

거지는 여전히 불쌍한 표정을 하고 한빈의 앞에 섰다.

그 거지가 나지막이 말했다.

"이 친구가 신입이라서 그렇습니다. 귀인께서는 양해해 주시기 바랍니다. 저는 사천 지부의 소개라 합니다."

말을 마친 소개는 한빈을 향해 포권했다.

그러고는 멍하니 있는 거지에게 턱짓했다.

그 신호에 그들은 슬금슬금 물러났다.

한빈은 그들의 행동을 보고는 피식 웃었다.

"그래도 전체적인 교육은 제법 잘되어 있네."

"교육이라니, 그게 무슨 말입니까?"

소개는 황당하다는 듯 한빈을 바라보며 연신 손가락으로 나머지 거지들에게 신호를 보냈다.

한빈은 그들의 모습에 흐뭇하게 미소를 지었다.

소개라는 어린 거지가 다른 거지들을 책망하며 물러나게 하는 것처럼 보였지만, 실상은 적과의 충돌에 대비해서 포위하고 있는 것이었다.

그 증거로 뒤쪽으로 물러난 거지들은 다른 거지들을 더 불러왔다.

지금은 어디서 왔는지 모를 수십 명의 거지가 주변 담장에서 두리번거리고 있다.

한빈을 보고 있지는 않지만, 손에 타구봉을 든 것이 언제라도 덮칠 수 있게 준비하고 있는 것이 분명했다.

한빈은 이런 그들의 모습을 칭찬하고 싶었다.

하지만 본론이 먼저였다.

한빈이 소개를 향해 나지막이 말했다.

"하늘은 높고……."

"땅은 넓으니."

소개가 말을 받자 한빈이 씩 웃으며 다시 입을 열었다.

"내가 있는 곳이 집이요."

"하늘이 천장이네."

소개가 말을 마치며 한빈을 조용히 바라봤다.

마치 뭔가 기다리는 표정으로 말이다.

그 모습에 한빈은 품에서 가죽 주머니를 꺼냈다.

그러고는 가죽 주머니를 뒤지더니 조그만 장기짝 하나를 꺼내 소개에게 건넸다.

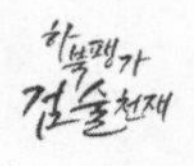

소개는 그 장기짝을 받아서 확인했다.

장기짝은 졸(卒)이라 써 있어야 적당한 크기였다.

하지만 장기짝은 앞뒤로 각각 초(楚)와 한(漢)이 써 있었다.

일반적으로 볼 수 없는 장기짝이지만, 소개의 표정은 의외로 담담했다.

대신 한빈을 향해 고개를 숙였다.

"귀인을 뵙습니다. 이리 오시지요."

깊숙이 포권한 소개는 손으로 담장 쪽을 가리켰다.

한빈이 빙긋 웃으며 답했다.

"감사합니다."

말을 마친 한빈은 소개가 가는 곳을 따라갔다.

소개는 담장을 따라 방향을 몇 번 꺾더니 어느 담장의 개구멍으로 들어갔다.

한빈도 아무렇지 않게 그 개구멍을 통과했다.

개구멍을 통과하자 소개의 표정의 확 바뀌었다.

언제 그랬냐는 듯 긴장했던 모습은 사라지고 한빈을 보며 활짝 웃고 있었다.

한빈도 팔짱을 끼고 그저 웃기만 했다.

그때 소개가 말없이 어디론가 사라졌다.

뒤쪽에서 그 모습을 보던 설화와 청화는 서로를 바라보며 눈짓을 했다.

이게 무슨 상황인지 아느냐는 표정이다.

그녀들의 표정을 본 한빈이 나지막한 목소리로 말했다.

"여기는 개방의 정보를 총괄하는 곳이다. 사천 지역의 정보는 모두 이곳을 통해서 전해지지."

"여기가요? 그럼 아까 그 거지들은……."

설화가 담장 뒤쪽을 힐끔 바라봤다.

그 모습에 한빈이 나지막이 설명을 이었다.

"정보란 것이 은밀한 것인데 내가 개방도라고 내세우고 다닐 수는 없는 노릇이 아니냐."

"아, 신기하네요. 그런데 아까 그 장기짝은 뭐예요?"

"그 장기짝은 정보를 사고팔거나, 여기를 이용할 수 있는 증표이지. 가장 작은 장기짝에 초와 한이 표시되어 있는 것은, 현실은 거지지만 마음만은 왕이라는 개방의 표식 중 하나란다."

"아, 암어와 표식으로 증명을 하는 거였네요."

"그리고 마지막에 개구멍까지가 신분을 증명하는 절차지."

"개구멍이요?"

"개방과 친구가 아닌 자가 개구멍을 통과할 리 없지."

"아, 그렇군요."

그때 뒤쪽에 있던 청화가 새파랗게 질려서는 입을 벌렸다.

"와, 저 개구멍 앞에서 좀 망설였거든요. 만약에 제가 안 들어갔으면 어떻게 되는 거예요? 공자님."

"거기까지는 들어 본 적이 없지만, 아마 청화가 좋아하는

떡은 앞으로 먹지 못했을지 싶네. 하하."

한빈이 청화를 보며 웃었다.

물론 한빈이 던진 말은 농담이었다.

여기서 공독지체인 청화를 막을 수 있는 개방도는 없었다.

아마 적이 나타났을 때 제대로 방어할 수 있는 무인은 몇 안 될 것이었다.

이들 대부분은 남을 누를 수 있는 무공보다는 경공술에 특화된 자들이었다.

굳이 말하면 인간 전서구라고 할까.

뭐, 이들이 발로만 정보를 전하는 것은 아니었다.

지금 이곳은 그들의 본거지.

아마 뒤쪽에는 제법 많은 비둘기를 키우고 있을 것이었다.

한빈이 이곳에 대해서 설명을 이어 가고 있을 때, 뒤에서 웃음소리가 들려왔다.

"껄껄."

그 소리에 한빈 일행은 고개를 돌렸다.

중년의 거지가 천천히 걸어오고 있었다.

한빈은 그가 이곳의 책임자임을 직감했다.

태양혈이 살짝 튀어나온 것이 딱 봐도 절정 이상의 무인이었다.

한빈이 그를 향해 가볍게 고개를 숙였다.

"이곳의 책임자시구려."

"하하. 귀인은 대체 누구시길래 개방에서도 꽁꽁 숨어 있는 이곳을 그토록 잘 알고 있는 겁니까?"

"그건 비밀입니다."

"하하, 못 말리겠군요. 역시 어르신의 제자답습니다."

"어르신이라니, 그게 무슨 말씀인지요?"

"홍칠개 어르신의 제자 아닙니까? 붉은 무복에 잘생긴 얼굴 하며 딱 소문 그대로입니다."

"잘생긴 건 맞지만, 나머지는 모르겠소."

"아……. 비밀리에 활동하시는 거였군요. 저도 그럼 모르는 척하겠습니다. 저는 사천 개방의 주양개라고 합니다. 제게 부탁하실 일이 뭔지요?"

주양개는 한빈을 바라보며 대답을 기다렸다.

한빈은 고개를 돌리더니 설화를 바라봤다.

그러고는 손가락을 튕겼다.

딱.

그 소리에 설화가 보따리 하나를 들고 왔다.

설화는 한빈의 앞에 보따리를 풀었다.

보따리를 평평하게 풀어 놓은 설화는 그 위에 종이를 깔았다.

그 모습에 가장 놀란 것은 청화였다.

"언니, 그건 언제 준비한 거예요?"

"아까 오면서 샀어."

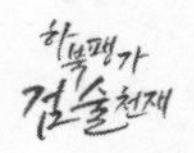

"헉, 그럴 기회가 어디 있었다고……."

청화는 얼마나 놀랐는지 말을 맺지 못했다.

그 모습에 설화가 씩 웃었다.

"이게 뭐 대단한 거라고 그렇게 놀라니?"

"남들의 이목을 숨기고 이걸 다 준비할 수 있는 시녀가 중원에 얼마나 되겠어요? 언니는 정말 대단해요. 부러워요."

"헤헤. 뭘 이 정도 가지고……."

설화가 멋쩍은 듯 고개를 돌렸다.

옆에서 그들의 대화를 듣던 주양개는 입을 벌렸다.

정보를 취급하는 이곳의 수장인 만큼 눈치 하나는 백 단이라 자부하는 그였다.

하지만 그들의 대화는 종잡을 수 없었다.

주양개는 그들의 대화가 암어라 확신했다.

주양개가 입을 벌리고 있을 때, 한빈은 아무렇지 않게 붓을 들었다.

사사―삭.

사사―삭.

한빈의 붓이 일필휘지로 종이 위를 누볐다.

탁.

붓이 멈추자 한빈은 그 종이를 사 등분으로 나누었다.

사삭.

손으로 찢었지만, 마치 자를 대고 자른 것처럼 정갈하게 잘려 나간 종이.

눈치 하나는 백 단인 주양개는 그 수법에 다시 한번 입을 벌렸다.

그는 지금의 한 수가 무력을 일부러 보여 주기 위함이라고 생각했다.

한빈은 사 등분으로 나눈 종이를 얇게 말아서 주양개에게 건넸다.

"이건 전서구로 부탁드립니다. 이건 각각……."

한빈은 전서구의 도착지를 그에게 설명했다.

주양개는 그 쪽지에 도착지를 붙여 수하에게 전달했다.

수하가 시야에서 사라지자 한빈이 다시 말을 이었다.

"……그리고 부탁드릴 게 하나 더 있습니다."

"그게 뭡니까?"

"제가 타고 온 배가 있는데, 그 경비를 맡아 주십시오."

한빈의 말에 주양개의 표정이 변했다.

전서구를 날리고 소식을 전달하는 것은 그리 큰 무리가 없었다.

하지만 경비 임무라면 달랐다.

그들이 매듭도 없이 신분을 숨기고 있는 것은 오직 정보만을 취급하기 때문이었다.

그런데 남의 눈에 띄는 경비 임무라니?

하지만 상대는 홍칠개의 제자였다.

뭐, 비밀이라고는 했지만, 비밀이라고 얘기한 것 자체가 하북팽가의 사 공자라고 밝힌 것이나 다름없었다.

성불이라는 칭호까지 받고 있다지만, 한번 돌아 버리면 그 끝을 모른다는 것은 개방의 어린아이까지 알고 있었다.

주양개가 떨떠름한 표정을 하고 있을 때였다.

한빈이 품에서 은괴 하나를 꺼냈다.

이것은 배에서 굴러다니던 것을 주워 온 것이었다.

배에 들어 있는 재물에 비하면 은괴는 눈에 띄지도 않을 만큼 존재감이 희미했다.

하지만 이 정도의 은괴가 세상에 나오면 그 값어치는 달라진다.

주양개는 은괴를 보더니 눈을 크게 떴다.

왜 저것을 꺼냈는지 모른다는 듯한 표정이었다.

한빈은 아무렇지도 않게 은괴를 건넸다.

주양개는 손을 내밀지 않았다.

오늘따라 묘하게 손이 무거웠기 때문이다.

주양개는 저 은괴의 가치를 짐작해 보았다.

은전도 아니고 주먹만 한 은괴였다.

그렇다면…….

주양개가 석상이 되어 있을 때 한빈이 말했다.

"왜 안 받습니까? 제 팔이 떨어지겠습니다."

"돈에는 대가가 따른다고 어르신들이 말씀하셨습니다. 이건 조금 과한…….”

“아까 전서구와 이번에 부탁한 호위 업무에 대한 대가입니다. 그리고 말이 호위지 침입자가 생기면 맞서지 말고 내게 알려 주기만 하면 됩니다.”

“헉.”

주양개는 눈을 크게 떴다.

일에 대한 대가치고는 아무리 생각해도 은괴는 너무 값어치가 많이 나갔다.

그 모습에 한빈이 피식 웃으며 말했다.

“싫습니까?”

“싫은 건 아닌데…….”

“다만 조건이 있습니다. 만약에 전서구가 제대로 도착하지 않거나, 침입자가 있는데도 제때 보고가 이루어지지 않는다면 그 응당한 대가를 받겠습니다.”

“아.”

주양개가 그제야 수긍하는 표정이었다.

하북팽가의 사 공자는 계산이 철저하기로 소문난 인물이었다.

임무에 실패하면 이 은괴 이상의 재물을 뜯어 갈 것이었다.

주양개의 머리가 치열하게 돌아갔다.

물론 그것은 주양개의 착각이었다.

만약에 실수했을 때 돈으로 뜯어 갈 것이었으면, 한빈은 따로 계약서를 썼을 것이었다.

그저 경각심을 주기 위해서 조건을 달았을 뿐이었다.

얼마나 심하게 머리를 쓰는지 주양개의 얼굴이 달아오를 정도였다.

계산을 모두 끝낸 주양개는 자신의 수하를 불렀다.

"전서구를 보낼 비둘기는 가장 튼실한 놈으로 골라라. 매도 잡아먹을 수 있는 놈으로 보내야 한다."

"분타주님, 비둘기가 어떻게 매를 잡아먹습니까?"

"이놈아, 말이 그렇다는 거지. 그 정도로 튼튼한 놈을 보내라는 거다."

"네, 네. 알겠습니다."

"그놈 말버릇하고는……. 일단 빨리 처리해라."

"알겠습니다."

포권한 주양개의 수하가 재빨리 뒤쪽으로 달려갔다.

잠시 후.

눈 깜짝할 사이에 전서구 네 마리가 하늘로 날아갔다.

푸드덕.

그 날갯짓 소리가 잠잠해질 때쯤, 한빈이 말했다.

"그럼 저희는 가 보겠습니다. 저희가 가는 곳은 말씀 안 드려도 되겠지요?"

"네, 맞습니다. 저희가 알아서 계신 곳까지 정보를 전달해

드리겠습니다. 혹시 다른 정보나 시키실 일은 없는지요?"

"흠, 사천당가에서 열리는 무가지회 소식 좀 부탁드리겠습니다."

"네, 감사합니다."

"그럼 저희는 가 보겠습니다. 나갈 때는 정문을 이용해도 되겠지요."

한빈은 사람 좋은 얼굴로 문을 가리켰다.

올 때는 개구멍으로 들어왔지만, 나갈 때는 제대로 된 문으로 나가겠다는 뜻이었다.

"아이쿠, 제가 귀인도 몰라뵙고 개구멍으로 안내해 드린 점 죄송합니다."

"괜찮습니다. 그럼 저희는 이만……."

한빈은 진득한 미소를 마지막으로 돌아섰다.

주양개와 옆에 있던 소개는 점점이 사라지는 한빈의 등을 보며 고개를 끄덕였다.

한빈이 사라지자 주양개가 말했다.

"역시 성불이시군."

"지난번에는 성불이 아니라 미친개라고 하셨……."

"쉿, 이놈이 어디서 초를 치려고. 이제부터는 저분은 성불이다. 아니 대불이시다."

"분타주님, 태세 전환이 너무 빠르신 거 아닙니까?"

"이게 태세 전환이더냐? 귀인을 알아본 것뿐이다. 이제까지 내 눈이 삐었지."

말을 마친 주양개는 자신의 손을 바라봤다.

그곳에는 햇빛을 받은 은괴가 그 자태를 뽐내고 있었다.

주양개가 흐뭇한 눈으로 은괴를 바라보고 있을 때 소개가 물었다.

"분타주님, 아까 그분들이 한 말은 대체 뭐예요?"

"무슨 말을 말하는 것이냐?"

"최고의 시녀니 뭐니 그랬잖아요. 꼭 암어 같던데, 진짜 최고의 시녀라고 자랑할 리는 없을 테고 분명 암어인데, 전혀 못 알아듣겠더라고요."

"흠."

"분타주님도 모르시는구나."

"내가 모를 리가 있겠느냐?"

"그럼 뭔데요?"

"하북팽가의 사 공자라면 계약에 미친 자, 아니 계약을 좋아하는 분이라고 알려졌지."

"그건 그렇죠."

"분명히 이곳에 큰 건수가 있을 것이야."

"혹시 돈이요?"

"돈일 수도 있고 비급일 수도 있고 아니면 다른 일일 수도 있고."

"그럼 시녀는 뭐예요?"

"너는 팽 공자의 시녀를 보고 무엇을 느꼈느냐?"

"그냥 귀엽다는 것 이외에는……."

소개가 얼굴을 살짝 붉혔다.

그 모습에 주양개가 고개를 저었다.

"외모 말고 무공 말이다."

"무공을 익혔어요?"

"쯧쯧, 하늘을 보고도 몰라봤구나."

"하늘이요?"

"내게는 그냥 언덕 정도겠지만, 너에게는 하늘이다."

"뭐가 하늘이에요?"

"무공의 격차 말이다. 그런데 그런 사람이 한낱 시녀이겠느냐? 최고의 시녀라고 자랑한다는 것은 더욱 말이 되지 않는다."

"그럼 대체 최고라는 것이 무슨 뜻이에요?"

"최고의 기연을 뜻하는 것이겠지. 아마 이곳에서 큰일이 벌어질 것이야. 아까 얘기를 들어 보면 팽 공자 측은 모든 준비가 끝난 것 같구나."

"그럼 알려야 하는 거 아닌가요?"

"그건 내가 알아서 하마."

주양개는 비장한 표정으로 고개를 끄덕였다.

자신이 착각하고 있다는 것도 모르는 채 말이다.

한빈은 나루터가 한눈에 보이는 객잔의 창가에 앉아 있었다.

그들의 주문을 받은 점소이는 눈을 크게 떴다.

"저, 손님, 지금 당과하고 찹쌀떡이라고 하셨습니까?"

점소이는 한빈을 조심스럽게 바라봤다.

상다리가 부러질 정도의 요리를 시킨 것은 좋지만, 마지막 주문이 이해가 되지 않아서였다.

왜 고급 요리만 취급하는 이곳에서 당과와 떡을 찾는다는 말인가?

점소이의 표정을 본 한빈은 조용히 품에서 은전 한 닢을 꺼냈다.

"이건 자네에게 따로 부탁하는 것일세."

"헉, 감사합니다. 거스름돈으로 당과와 떡을 사 오겠습니다."

"아니, 음식값은 따로 내겠네."

한빈은 탁자에 두 개의 은전을 꺼내 놨다.

탁.

순간 점소이의 눈이 커졌다.

점소이는 재빨리 탁자 위의 은전을 싹 쓸어 담더니 방아깨비가 까닥이듯 연신 허리를 숙였다.

그는 곧 주방으로 달려가 주문을 넣더니 재빨리 밖으로 뛰어나갔다.

아마도 당과와 찹쌀떡을 사러 간 듯싶었다.

조용한 객잔 이 층에 이제는 한빈 일행만 남은 상태.

설화는 뭔가 생각난 듯 조심스럽게 한빈을 바라봤다.

“공자님, 궁금한 게 있는데요.”

“뭐가 궁금한데?”

“저희 하루빨리 사천당가로 가야 하는 거 아닌가요?”

“그건 그렇지.”

“그러면 이렇게 한가하게 있으면 안 될 것 같은데…….”

설화는 말끝을 흐리며 한빈을 바라봤다.

한빈이 이렇게 한가하게 앉아 있는 것에는 분명히 이유가 있을 것이라는 확신이 있었다.

설화의 눈빛을 본 한빈이 창밖을 보며 턱짓했다.

“저 배를 사천까지 가지고 갈 수는 없지 않으냐?”

“아, 그렇군요.”

설화는 고개를 끄덕였다.

그때 청화가 조심스럽게 물었다.

“무림의 안위보다 저 배가 중요하다는 거죠?”

“그건 아니지.”

한빈이 손을 휘휘 저었다.

그 모습에 청화가 눈을 가늘게 뜨고 물었다.

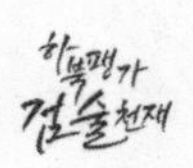

"그럼 뭔데요?"
"무림의 안위보다 중요한 건 너희의 간식이라 생각해서지."
"저희 간식이요?"
"잘 생각해 봐. 내가 저기에 있는 보물로 가장 먼저 산 게 뭔지?"
한빈의 말에 청화는 눈을 크게 떴다.
저 배에 있는 보물로 개방에 부탁은 했지만, 물건을 산 것은 아니었다.
물건을 산 것이라고는 여기에 와서 당과와 떡을 부탁한 것이 가장 먼저였다.
커진 청화의 눈에서 살짝 습기가 차올랐다.
그때였다.
설화가 창밖을 가리켰다.
"저기 배들이 슬슬 들어오네요."
설화의 말에 한빈도 시선을 돌렸다.
정말 조그만 어선들이 들어오고 있었다.
"해 질 녘이 됐으니, 어부들이 들어올 때가 됐지."
한빈의 말대로 배들은 거의 어선들이었다.
제법 큰 어선의 경우 장정 열댓이 타고 있는 배도 있었고 작은 어선의 경우는 어른 한둘이 전부였다.
그들은 어망에 물고기를 가득 담아서 나루터에 내렸다.

나루터에서 내린 어부들이 들고 오는 어망에는 파닥거리는 물고기가 들어 있어 사람들의 시선을 끌었다.

어부들은 물고기가 든 어망을 들고는 선주들이 있는 곳으로 향했다.

그들이 타고 있는 배의 선주들은 대부분 따로 있었으며, 어부들은 그들이 잡은 물고기를 선주와 일정 비율대로 나눠야 했다.

어부 중 하나가 말했다.

"오늘따라 풍년이군."

"그러게, 이렇게 많이 잡힌 것은 처음이야. 상류에 있는 물고기가 다 떠내려온 것 같아."

그들의 대화에 이제 막 내린 어부는 고개를 푹 숙였다.

고개를 숙인 어부는 무진이었다.

무진은 어망 대신 자신의 딸 영아를 업고 있었다.

무진은 슬슬 눈치를 봤다.

일단 선주를 피해서 집에 돌아간 후, 날이 밝는 대로 다시 그를 찾아가 자초지종을 설명하고 양해를 구하려 했다.

지금 이야기가 길어지면 자신의 딸 영아가 힘들 것이 안 봐도 뻔했기 때문이다.

그때였다.

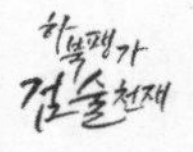

무진의 어깨를 누군가가 톡톡 쳤다.

고개를 돌린 무진의 눈이 커졌다.

그곳에는 그의 선주가 눈을 빛내고 있었다.

"어딜 그렇게 가나?"

"아, 죄송합니다, 선주 어르신."

"내가 자네 부친께 은혜를 입어서 이렇게 배를 빌려주고 있긴 하지만 번번이 돈도 안 내고 물고기도 나누지 않으면 나는 뭐가 되겠는가?"

"죄송합니다, 어르신. 딸아이가 잠이 들어서 그러는데, 내일 찾아뵙고 말씀드리겠습니다."

"아니, 오늘 마무리 짓고 가게."

"죄송하지만 딸아이가 피곤해해서."

무진은 고개를 숙이고 재빨리 자리를 피하려 했다.

하지만 선주는 못마땅한 표정으로 무진의 어깨를 잡았다.

"언제까지 딸아이 핑계를 댈 텐가?"

"죄송……."

고개를 숙이고 자리를 떠나려던 무진은 말을 잇지 못했다.

선주의 손 때문에 영아에게 덮어 줬던 외투가 떨어졌기 때문이다.

휘릭.

외투가 떨어지며 영아가 끌어안고 있던 붉은 검신이 딸려 나왔다.

검신이 나루터 바닥에 뒹굴었다.

쩔그렁.

묘한 기운을 풍기는 붉은색 검날에 선주가 눈을 빛냈다.

선주가 눈을 가늘게 뜨며 물었다.

"그건 뭔가?"

"이건 신경 쓰지 마십시오. 딸아이의 물건입니다."

무진이 답하자 선주의 눈이 더욱 가늘어졌다.

"예사 물건이 아닌 듯싶네만은……."

무진은 재빨리 손을 내저었다.

"별 가치 없는 물건입니다."

"자네, 뭔가 착각하고 있는 게 아닌가?"

"착각이라니, 그게 무슨 말씀입니까?"

무진이 눈을 크게 뜨자 선주의 입가에 뜻 모를 미소가 피어났다.

"물건의 가치는 내가 판단하네. 그 물건은 자네가 배에 탔을 때는 분명 가지고 있던 물건이 아닌 것으로 아네."

"……."

무진이 말없이 선주를 바라보자 선주가 반문했다.

"내 말이 틀린가?"

"절대, 아닙니다. 이건 저희 겁니다."

"원래 자네 거였다고……. 뭐, 그것도 내가 판단할 문제네. 일단 이 물건은 내가 가지고 있겠네."

선주는 반 토막 난 검신을 조심스럽게 잡았다.

그러나 붉은색 검신을 잡은 선주는 갑자기 낮은 목소리로 비명을 질렀다.

"으윽!"

그 소리에 구경꾼들이 몰려들었다.

무진은 선주가 당황한 틈을 타서 재빨리 붉은색 검신을 잡았다.

이전에도 느꼈던 오묘한 기운이 팔을 타고 흘러들어 왔다.

하지만 이것은 영아에게 숙면을 주는 물건이었다.

무진은 이를 악물고 붉은색 검신에서 흘러들어 오는 기운을 참았다.

그때 무진의 등에 업혀 있던 영아가 깨어났다.

"지금 뭐 하세요?"

"영아야, 이걸 잡고 있어라."

"앗, 이게 왜……. 떨어뜨렸나 보네요."

"그래, 네가 잠든 사이에 떨어졌다."

무진은 영아의 품에 붉은색 검신을 건넸다.

영아가 그 검신을 품에 안아 들자 무진이 영아에게 말했다.

"조, 조심하여라."

"괜찮아요. 아버지."

영아가 해맑게 웃었다. 사실 날이 없는 뭉툭한 검날은 닭의 목을 벨 수도 없을 정도로 무뎠다.

무진이 영아를 업고 선주로부터 열 걸음 정도 도망쳤을 때였다.

선주가 외쳤다.

"도둑이다. 저기 도둑이다!"

선주의 외침에 주변이 살짝 술렁거렸다.

하지만 사람들은 고개를 돌려 무진과 영아를 확인하고는 그대로 하던 일에 열중했다.

무슨 일인지는 몰라도 일개 도둑 따위에 신경 쓸 정도로 여유 있는 사람은 없었다.

그중에는 이곳 나루터 일이 생업인 사람도 있었고.

무림 단체에서 나와 이곳 나루터를 감시하는 임무를 맡은 이도 있었다.

더욱이 상인들의 경우 자신의 짐에만 신경 쓸 뿐, 다른 이들에게 어떤 일이 일어나든지 관심 없었다.

도둑이라는 외침을 듣는 순간 자신의 짐을 꼭 잡아끌 뿐이었다.

그 모습에 선주는 재빨리 머리를 굴렸다.

그것은 분명히 기물이었다.

신묘한 기운이 느껴지는 것으로 봐서 그 값을 헤아릴 수 없을지도 몰랐다.

저 물건이 누구 것이냐고 한다면 선주는 한 치의 망설임도 없이 자신의 것이라 말할 수 있었다.

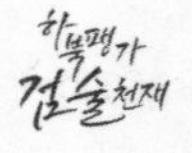

왜냐하면 무진이 오늘 어선의 대여비를 상납하지 못했기 때문이다.

자신의 것이라 생각하자 선주의 눈에 화롯불의 불씨처럼 욕망이 타올랐다.

무진을 잡으러 뛰어가려던 선주의 머릿속에 그들이 가지고 있는 붉은색 검신이 떠올랐다.

붉은색 하면 과연 무엇이 떠오를까?

그것은 피.

피 하면 떠오르는 문파가 하나 있다.

솔직히 문파라고 하기는 뭐하지만 말이다.

그것은 바로 마교였다.

계획은 간단했다.

마교도로 몰고 물건은 자신이 차지한다!

선주는 재빨리 외쳤다.

"마교도가 보물을 가지고 도망친다!"

그 파급력은 생각보다 엄청났다.

갑자기 웅성대는 군중.

그들 중 가장 노골적으로 무진이 있는 쪽을 바라보는 자들은 역시 무림인들이었다.

"마교도?"

"여기에 마교도가 나타났다고?"

"어디?"

"그게 중요한 게 아니잖아. 지금 보물이라고 했어, 보물."

무림인들의 귀에 마교와 보물이라는 두 단어가 합쳐 들리자, 그들의 눈빛에 탐욕이 한여름에 일렁거리는 아지랑이처럼 들끓었다.

"그러고 보니 보물을 가지고 있다면……."

"그래, 마교도한테 뺏은 보물은 줍는 사람이 임자지."

그들은 하나둘씩 검을 빼 들었다.

스릉! 스릉!

검집에서 뽑혀 나온 검날이 붉은 노을빛을 받자 붉게 변했다.

무진은 검을 들고 오는 이들을 눈에 담았다.

무진의 눈에는 그들이 마교도처럼 보였다.

붉은 노을이 반사된 검날에 눈동자에는 탐욕이라는 두 글자를 품고 있는 자들을 정상적인 무림인이라고 할 수 있을까?

무진은 여기서 중요한 선택을 해야 했다.

반 토막 난 붉은색 검은 딸아이를 위한 것.

그런데 지금은 딸아이와 자신의 목이 달아날 판이였다.

무진은 재빨리 딸아이를 바라봤다.

시선이 마주치자 영아가 모든 상황을 알고 있다는 듯 토막 난 붉은색 검을 건넸다.

"아버지, 여기요."

"고맙다."

무진을 붉은 검신을 받자마자 냅다 선주에게 던졌다.

붉은 검신이 빙글빙글 돌더니 선주의 앞에 탁 떨어졌다.

챙그랑.

선주가 붉은 검신을 주워 들자 무진의 뒤에 업힌 영아가 소리를 질렀다.

"아버지, 아무리 목구멍이 포도청이라고 해도 마교도의 부탁은 받지 마셨어야죠!"

화난 듯한 영아의 목소리에 무진은 번뜩 정신을 차렸다.

"네 말이 옳다. 저 간악한 마교도의 부탁을 받지 말았어야 했다. 간악한 놈 같으니라고. 부탁을 해 놓고는 우리를 모함하다니!"

무진이 말을 마친 순간이었다.

갑자기 그를 향해 다가오던 무사 중 대부분이 몸을 돌렸다.

그러고는 방향을 바꾸어 다급하게 달려갔다.

타다닥.

무사들의 발소리가 나루터 주변에 울렸지만, 선주는 그 소리를 듣지 못했다.

손으로 감당키 힘든 기운이 뿜어져 나오는 붉은 검신을 밧줄로 감싸고 있었다.

얼마나 집중했는지 그는 자신을 향해 다가오는 무사들을 보지 못했다.

그저 이 붉은 검신을 사천의 번화가로 가져가 그곳에서도 가장 크다는 만금 전장 사천 지부에 감정을 받을 꿈에 부풀어 있었다.

과연 얼마일지, 그의 눈앞에 전표가 어른거린다.

이것을 누구에게 넘겨야 할까를 생각하자 그의 눈앞에 몇몇 무림세가가 떠올랐다.

선주가 탐욕에 찬 눈으로 붉은 검신을 바라보고 있을 때.

스스륵, 스르륵.

귀에 거슬리는 소리가 선주의 귀에 울렸다.

나루터에 익숙한 선주에게는 사실 익숙한 소리였다.

그것은 가죽신이 나무에 긁히는 소리였다.

문제는 그 소리를 내는 사람의 숫자였다.

거슬리는 소리는 한두 명에게 나는 게 아니었다.

선주가 슬쩍 고개를 들었다. 순간 선주의 눈이 한없이 커졌다.

무진과 영아 부녀를 쫓아야 할 무림인들이 갑자기 자신의 주변으로 몰려들기 시작한 것이다.

선주는 뒤로 주춤주춤 물러나며 떨리는 목소리로 물었다.

"대, 대체 왜 그러는 것이오?"

물론 누구를 콕 집어서 말한 것은 아니었다.

그들도 선주의 질문에 답해 주지는 않았다.

그중 하나가 선주를 가리키며 낮은 목소리로 말했다.

"저기 마교도다."

“내, 내가 무슨 마교도라는 말이오!”

“네가 가지고 있는 붉은 검이 마교도라는 증표가 아니더냐?”

“그, 그건 내 물건을 찾기 위해…….”

변명하던 선주는 자신의 입을 급하게 막았다.

그 모습에 무사 중 하나가 입가에 비웃음을 그리며 물었다.

“오호, 그게 네 물건이 맞다고 인정하는 것이냐?”

“이건 저자의 빚 대신 받은 것이기에 내 물건이 맞소.”

선주는 손가락으로 무진 부녀를 가리켰다.

선주의 말에 맨 앞쪽의 무사가 턱짓으로 뒤쪽을 가리켰다.

그쪽에는 무진 부녀가 있었다.

동시에 무사 중 몇이 무진 부녀 쪽으로 달려갔다.

타다닥.

무진 부녀의 길을 막은 무사와 선주 쪽으로 다가가는 무사.

이렇게 두 무리로 나누어진 상태.

어쩌다 보니 선주와 무진 부녀가 모두 무사들에게 포위된 상태였다.

한빈은 턱을 괸 채 갑자기 벌어진 난장판을 감상하고 있었다.

설화와 청화도 목을 삐죽 내민 채 고개를 창밖으로 내밀었다.

한참을 보던 설화가 말했다.

“쯧, 제 무덤을 팠네, 팠어.”

“그쵸, 왜 저렇게 혀를 놀려서……. 그런데 저러다 누구 하나 죽어 나가겠는데요.”

청화도 혀를 차며 그들의 상황을 주시했다.

설화는 무사들의 무복에 그려진 문양을 가리켰다.

“명색이 정의맹 무사들이잖아. 사람이 득실득실하는 저곳에서 아무렇게나 칼질을 하겠어?”

“하긴 그렇겠네요. 그나저나 저 부녀는 무사할까요?”

“가만히 보니 저 물건만 뺏으면 그냥 돌아갈 것 같은데.”

그때 한빈이 자리에서 일어났다.

그 모습에 설화가 다급하게 물었다.

“공자님, 어디 가세요?”

“내 물건 찾으러.”

한빈이 당연하다는 듯 답하자 설화가 다시 물었다.

“공자님 물건이라니요? 혹시 뭘 잃어버렸어요?”

“내 용린검이 자신의 핏줄을 찾았는지 마구 소리를 지르네.”

한빈은 검집이 된 화룡편에 얌전히 잠들어 있는 검 자루를 가리켰다.

이것은 용린검의 반쪽. 그 핏줄이라고 하면 한빈이 잃어버린 나머지 반쪽을 말함이었다.

그 뜻을 알아챈 설화의 고개는 더욱 기울어졌다.

귀락천 어딘가에 떨어져 있을 용린검의 반쪽을 어떻게 여기에서 찾는다는 말인가?

고개를 갸우뚱하던 설화의 눈이 한계까지 커졌다.

용린검의 검 자루가 살짝 떨리고 있었다.

거기에 새가 울듯 용린검의 검 자루가 검명을 토해 내고 있었다.

지이잉, 지이잉.

깜짝 놀란 설화가 물었다.

"그게 어떻게 된 거예요?"

"이제부터 알아봐야지."

말을 마친 한빈의 신형이 자리에서 사라졌다.

이어서 설화가 외쳤다.

"공자님, 같이 가요!"

"저도 갈게요."

청화도 자리에서 일어났다.

그들이 다시 나타난 곳은 정의맹 무사들의 포위망 바로 앞쪽이었다.

사사삭.

풀잎 밟는 소리의 여운이 채 가시지도 않을 때 한빈은 자리에 철퍼덕 앉았다.
그 모습에 설화가 물었다.
“공자님, 알아보신다면서요?”
“일단 구경부터 하고.”
“그럼 위쪽에서 구경하셔도 되잖아요.”
“위쪽에서 편안히 보기에는 내 깨달음이 아직 짧네.”
한빈이 빙긋 웃으며 허공에 원을 그렸다.
그 모습에 설화가 눈을 가늘게 떴다.
예전이라면 한빈이 지금 무엇을 말하는지 알 수 없었을 터.
하지만 지금은 대충이나마 한빈이 그린 원이 무엇을 의미하는지 알 수 있을 것 같았다.
그것은 한빈이 장악할 수 있는 공간이었다.
저들의 무공 수준을 고려했을 때 한빈이 그린 테두리는 완벽하게 그의 공간이었다.
저 붉은 검신이 누구에게 가든.
아니면 강 속에 빠지든.
한빈은 눈 깜짝할 사이에 언제든 그 상황에 개입할 수 있다는 뜻이었다.
저들의 생사 여탈권과 함께 말이다.
설화는 조용히 자신의 경지를 헤아려 봤다.
과연 자신이 장악할 수 있는 공간은 얼마나 될까?
자문하던 설화는 고개를 저었다.

이곳에서 자신 있게 장악할 수 있는 공간은 없었다.

“에이, 나는 아직 멀었네.”

“언니, 실망하지 마세요.”

“그게 무슨 말이야? 청화야.”

“언니는 대신에 예쁘잖아요.”

“얘는 그게 무슨 말……. 헤헤.”

설화가 손을 내저으며 실없이 웃었다.

그 모습에 한빈이 기분 좋게 입가에 미소를 띠었다.

여러 가지 감정이 담긴 미소였다.

이렇게 여유롭게 싸움 구경을 할 수 있다는 것에 감사했고.

다시 나타난 용린검의 반쪽에 감사했다.

지이잉. 지이잉.

용린검의 울림이 조금 더 커졌다.

그때였다.

한빈이 고개를 갸웃했다.

정의맹의 포위망 주변으로 회색 무복의 무인들이 나타난 것이다.

그들은 포위망을 구축한 정의맹의 무사들을 포위하려는 듯 보였다.

회색 무복의 무사들의 가슴에는 강남 사도련을 나타내는 문양이 새겨져 있었다.

그 문양을 확인한 한빈은 입꼬리를 슬쩍 올렸다.

상황이 재미있게 돌아가고 있었다.

뭐, 이해를 못 하는 것은 아니었다.

무가지회는 어찌 보면 강호에서 몇 안 되는 큰 행사였으니까!

다음 권으로 이어집니다

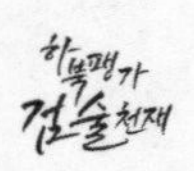